ごたごた気流

星 新一

角川文庫
14842

目次

イラスト　片山若子

なんでもない

その青年は、ある会社の社員だった。順調で活気にみちた企業だったが、青年そのものは、おとなしく平凡だった。精力的に動きまわるとか、なみはずれた才能をあらわすことなどないかわり、大失敗をやらかすこともなかった。

しかし、会社において彼と机を並べている同僚は、やや性質がちがっていた。くだらない冗談が好きで、時には度を越した悪ふざけに至ることがある。

そのたびに青年は腹を立てるが、絶交状態にはならず、仲はそう悪くないのだった。二人の性質のちがいが、一種の調和となっているせいかもしれない。共通点が多すぎると、ライバル意識ができ、かえって対立することにもなる。しかし、そんなことはどうでもいい……。

その時も、そうだった。

机にむかって青年が書類を作成していると、となりの同僚が、しきりになにか話しかけてきた。週刊誌をにぎわせている有名人の離婚事件をたねに、あくどい笑い話に仕上げたものだった。青年は適当に聞き流していた。

同僚の話し声が、ふと、とぎれた。うるさいのも気になるが、不意に静かになったというのも、これまた気になる。青年はそっちを見た。同僚が電話の受話器を戻すところだった。応答をした声は聞かなかったようだが、短い用件だったためだろう。少し顔が青ざめ、だまってしまったままだ。異様な空気がそこにあった。青年は声をかけた。

「どうかしたのか」

「いや、なんでもない」

「知りあいに、なにかが起ったのか」

「ちがう」

「女性関係のことか」

「そんなことじゃない」

いままではしゃいでいたのがうそのように、同僚は沈んだ表情になっていた。答える気力もないといった感じだった。あまり突っこんで聞かないほうがいいように思えた。青年はなぐさめの意味で言った。

「急用ができたのなら、帰ったらどうだい。仕事なら、かわってやるぜ」

「いや、急用なんかじゃないんだ」

さっぱりわからなかった。同僚は退社までの時間、机にむかって考えこんだままだった。青年は気になってならなかった。

それは、つぎの日にも持ち越された。その同僚はめっきり口数が少なくなり、青年のほうから話しかけることになった。こうなると、かえって気の毒になる。

「なんだか元気がないようだな。しっかりしろよ」

「ああ」

「帰りに、どこかで一杯やろう」

「ありがとう」

まったく、たよりなかった。バーに寄っても同様だった。グラスを重ねても、いっこうに陽気にならない。ついに青年は言った。

「なにか心配ごとがあるのなら、打ちあけてくれ。ぼくにできることなら、なんとか力になるよ」

「いや、なんでもないんだ」

だが、なにかあることは確実だ。ほっとけない気分。青年は同情した。しかも、事情がよくわからないとくる。話したがらないのは、きみひとりの手におえないことなのだ、という理由からかもしれなかった。

周囲の者たちが、彼の気をひきたたせるようにしなければならない。青年はそう思った。まず、部長の耳に入れておくべきだろう。また、悩みをかかえこんでいる人間に、微妙な仕事をまかせてはことだ。それは一時的に、こっちへまわして下さい。そんなことを申し出るつもりだった。

しかし、なかなかチャンスがなかった。部長が席にいて、その同僚が席をはずした時でないと、話がしにくくなる。それを求めて、青年は少しいらいらした。

やっと同僚が外出した。しかし、部長のほうは、忙しがってさかんに電話をかけている。このままではしようがない。青年は部長の机のそばへ行って待つことにした。その電話が終る。部長は、立っている青年のほうをむいて言った。

「なんだ……」

だが、その時。部長の机の上の電話が鳴った。それを取って耳に当て、なにも言わず、部長はもとへ戻した。それは、ほんのわずかな時間だった。しかし、変化がおこっていた。部長の顔は青ざめ、深刻そうな表情だった。そばに人の立っているのが、目に入らないようすだった。青年は軽くせきをしてみたが、反応はなかった。思い切って言う。

「いまの電話は、なにか重大なことだったのでしょうか」

「いや、なんでもない」

「仕事に関することでしたら、打ちあけて下さい。どんな努力でもします。それが社員としてのつとめです」

「そんなことではないんだ。気にしないでくれ」

しゃべるのさえつらそうだった。さっきまでの勢いが、どこかへ消えてしまったかのようだ。こうなると、れいの同僚の件を切り出すどころではなかった。

青年は席へ戻る。どういうことなのだ、これは。部長はなにを聞いたのだろう。気にしないでくれと言われたが、そうもいかない。あれは、ただごとではない。まるで、そう、先日の同僚の場合とそっくりだ。青年の感情は、同情からもうひとつ進んだものへと変化した。それは好奇心。

いろいろと考えたあげく、青年はひとつの仮定にたどりついた。いずれも恐喝のたぐいではなかろうかと。二人とも、なにか個人的な弱みをにぎられ、おどされたのかもしれない。他人に話したがらないのは、そのためかもしれない。

となると、難問だ。警察へ行って相談すべきだろうが、弱みのたねによっては、へたをすると当人のためにならない場合だってある。どんな弱みで、どうゆすられているのか、まったく見当がつかなかった。

青年は、学校時代の同級生で、いま弁護士になっている者のあることを思い出した。

そういえば、優秀なうえに迫力のあるやつだった。彼に相談し、恐喝対処法の要領とでもいったことを聞き、それを、それとなく部長や同僚に話してみるとするか。

会社の帰りがけに、青年はその弁護士事務所へ寄ってみた。あるビルのなかの一室で、かなり景気がよさそうだった。助手らしいのを二人ほどおいていた。お客も多かった。しかし、べつに急ぐことでもないので、青年は待つことにした。

かなり待たされた。青年はやっと面会することができた。友人の弁護士は、大げさな身ぶりで言った。

「いやあ、待たせてすまない。しばらくだな。なにしろ忙しくてね。もっと大きな部屋に移らなければならなくなりそうだ。おかげさまでと言いたいところだが、こういう商売、それを喜んでいいのかどうかだね。しかし、そんなこと考えはじめたら、どんな仕事も成立しなくなってしまう。で、なにか事件かい。きみのことだ。大サービスでやってあげるぜ」

貫録のある笑い方が、言葉の各所にちりばめられていた。青年は口ごもりながら、話しはじめた。

「ぼくについてのことじゃないんだ。よく説明しにくいんだが、じつは……」

その時、机の上の電話が鳴った。それから先は、なにもかも同僚や上役の場合と同じだった。受話器を戻した時には、人が変ったようになっていた。青年は聞かずにはいられなかった。

「なにか急用でも」

「いや、なんでもない」

と答えたきり、じっと考えこんでいる。これ以上は話しかけないでくれ、そんな印象を受けた。

「じゃあ、また来るよ……」

青年は引きあげることにした。相手は別れのあいさつもしなかった。青年は帰る途中で考えるのだった。弁護士なら、社会の裏を見つくしていて、たいていのことには驚かなくなっているはずだ。

それなのに、あのただならぬようす。いったい、なにを聞かされたのだろう。いまの世の中に、そんな重大なことがあるのだろうか。青年はふしぎでならなかった。

気のせいか、青年の周囲に、そんな目に会ったと思える人がふえているようだった。これまでと、どことなく印象がちがうのだ。そして、原因はいっこうにわからない。弁護士でさえもああなるのだから、恐喝なんかではなさそうだ。

残された仮定は、健康に関することぐらいだった。このところマスコミが、健康診断を受けるよう、さかんにすすめている。それを受け、悪い結果を知らされたのではないだろうか。それならそれで、なぐさめる方法だってあるのではないか。

青年は演技をした。まちがい電話のかかってきた時を利用し、受話器を戻すと同時に急に沈んだ表情を作り、となりの同僚に言ってみた。

「いま、このあいだ受けた健康診断の結果の連絡があったんだが、どうも、それが……」

「ふうん」

まるで手ごたえがなかった。じつは、ぼくも、と話が発展するかと期待していたのだが、そうはならなかった。健康とは関係のないことのようだ。

そういえば、同僚も部長も、あれ以来べつに休みもせず、薬を飲んでいるようすもない。ますます気になってしまう。

ついに青年は、勇気を出して新聞社へ寄ってみた。こういうことははじめてだ。かなりの勇気と決心がいる。

「ちょっと、ある事件について……」

と受付に言うと、小さな応接室へ案内された。しばらく待っていると、社会部の記者というのが入ってきて、名刺を出した。活動的というのか、せかせかした動作と口調だった。しかし、なまじっかな話には驚かないぞという、冷静さのようなものも持っていた。

「なにか事件をお知らせにみえたとか……」

「はい。ふしぎでならないことなのです」

「よくおいで下さいました。事件があってこそ、新聞が成り立っているのです。読者も喜ぶ。このところ大事件がとぎれ、社会面がさびしくなっている。ふしぎなことになると、ますますぐあいがいい。で、どんなことです」

「このところ、不幸の電話とでもいうべきものが、はやっているようなのです」

「なんですか、それは」

記者は身を乗り出し、関心を示した。青年は言う。

「幸運の手紙とか、不幸の手紙とかいうのが、一時はやったでしょう。電話を使ったそれというわけです」

「なるほどねえ。そういえば、そんな手紙が流行しましたな。あの時、その対処法を紹介したのは、うちの新聞でしたよ。鏡の前で、レフレクトと三べんとなえて、そのハガキを破くのです。すると、のろいが発信人のほうへ戻ってゆくと。イギリスの有名な心霊術者が開発した方法でしたよ。なんという人だったかなあ……」

記者は青年の気分をほぐそうとしてか、そんな話をし、タバコに火をつけ、さらにつづけた。

「……それ以来、流行がおさまった。あの対処法、どこまで本当かわかりませんがね。流行とは、そんなものですよ。その電話の一件も、うちの紙面でとりあげ、話題にし、静めることにしましょう。で、不幸の電話って、どんなことを話すのです」

「それがわからないのです」

説明に困る青年に、記者は言う。

「しっかりして下さいよ。その点がわからないと、記事にしようがない。たしかに、電話とは新手だ。あっという方法だ。しかし、これはハガキとちがって、いやならすぐ切ることができる。その気になれば、逆探知で調べることも可能。録音にとれば、声紋を調べることもできる。だから、それだけ発覚しやすいことにもなる。そこがどうなっているかですよ」

「すぐに電話が切れてしまうらしいのです。ほんの短い時間。そのあいだに話がすみ、聞かされたほうはショックを受け、人が変ったようになってしまうのです」

青年は自分でも、もどかしさを感じた。記者のほうはそれ以上だった。

「よく思い出して下さいよ。その電話を聞いた連中、そのあとすぐに、たとえば三十分以内にとか、どこかへ何回も電話をしましたか。短い言葉をしゃべって……」

「そうですね。そういえば……」

「ありましたか」

「そんなことは、しなかったようです」

「どうも困ったことですな。せっかく興味ある事件なのに。社会部の記者は、事件を大衆に伝える責任がある。提供する義務があるんですよ。なんとしてでも、うまく作り上げなくてはならない。その衝撃的な短い言葉。それを紙面に大きくのせたい。ヒントになるようなこと、なにかありませんか……」

その時、室のすみにあった電話が鳴った。記者は受話器を取り、耳に当て、すぐに戻した。記者の顔は青ざめ、いままでの調子のよさがなくなり、沈黙だけが残っていた。

青年は聞かずにいられなかった。

「なにか事件でも……」

「いや、なんでもない」

ぶあいそな返事だった。しかし、青年は立とうとしなかった。気になるのは当然だし、これこそいい機会ではないか。おそるおそる口にしてみる。

「もしかしたら、いまの電話が、わたしのお話したものかも……」

しかし、それもむだだった。

「いや、ちがう。べつなことだ」

記者はそれ以上、口をきかなかった。青年はもっとねばってみようと思い、そこにいた。すると、記者はやがて力なく立ちあがり、応接室を出ていってしまい、戻らなかった。青年は帰らざるをえなかった。

そのあと一週間ほど、青年はその社の新聞を、たんねんに読んだ。とくに社会面を。このあいだの記者が、あれを記事にするのではないかと期待したからだ。事件を報道する義務があるとか言っていた。それなら、ショックから立ちなおって、記事にしてくれてもいいはずだ。しかし、いくら待っても、それらしきものは紙面にのらなかった。

とてつもないことのようだ、と青年は考える。なんなのだろう。あれだけの短い時間で、あれだけのショックを受けるとは。そんなにまで強烈なものが、いまの世にあるとは……。

電話を聞いた連中に対しての、青年の感情は大きく変っていった。最初のころは同情だった。つぎは好奇心。それが、いまやあこがれともいえるものとなった。

そんなにすごいものなら、一度は味わってみたいものだ。となりの同僚だって、その後、不幸な目にあったようすもない。命には別状のないことのようだ。あの電話、どこからかかってくるのだろう。なぜ自分のところにかかってこないのだろう。その資格がないのだろうか。なぜ、のけ者にされているのだろう。すごいショックのようだな。だれもが青ざめる。しびれるような感じになるんじゃないだろうか。それから、沈黙してしまう。口をききたがらないのは、その快感をかみしめるためではないだろうか。しばらくのあいだ、ひとりで楽しみたくなるもののようだ。

そして、他人には絶対に話さない。この貴重な体験を、簡単に話したりできるものか。そんな心境になるらしい。体験者たちは、しばらく仕事が手につかなくなる。あの時の体験を思い出して、仕事どころではないというわけなのだろうな。他人に話すと、思い出が薄れるのかもしれない。

あれは不幸の電話なんかじゃなく、幸運の電話にちがいない。青年はそう思うようになった。

そうとしか思えないではないか。どうして自分のところへかかってこないのだろう。平凡な男だからだろうか。

それならば、と青年は決心した。他人にかかってきたのを、横取りしてやる。電話が鳴ると、だれよりも先に手をのばす。いままでなら、少しはなれた机の上だとほっておいたのに、いまではそれに飛びつくようになった。しかし、いつも仕事に関する普通の電話だった。

どうやったら、あれにありつけるのだろう。あきらめないことだろうな。そう自問自答しながら、青年はそれをつづけた。

やがて、くせになった。レストランで食事をし、会計をしようとし、そこで鳴る電話にも手をのばしてしまうのだった。おせっかいなのか親切なのか、わからない人。そんな変な目で見られても平気だった。もし、それがあの電話だったら、後悔しきれないことになるではないか。

電話の鳴るのがすべて気になった。遠くのほうで鳴っているのも気になった。それが鳴りつづけていると、ああ、もったいないと思う。かけ出していって、手にしたい衝動にかられる。

夢のなかでも電話の鳴るのを聞くようになった。しかし、それを手にしたとたん、目がさめ、夢は消えてしまうのだ。

ある夜、帰り道で、青年はそばで電話の鳴るのを聞いた。

小さな商店の店先の赤電話で、たまたま店の人がいないためか、鳴りつづけている。その店の人がいたとしても、同じことだったろう。もはや、青年の反応は習慣となってしまっているのだ。

どうせだめだろうとは思いながらも、期待に胸をときめかせて、そっと耳に当てて待つ。

ついに青年は声にめぐりあった。理由も説明もなく、それはあきらかに自分への語りかけだ。そうわかるものが、その声にふくまれていた。

ほんとに短い内容だった。ただ「あなたは狂っている」とだけ告げて、そして切れた。

青年は青ざめ、口をきく気にもなれなかった。そのうち、店の人が出てきて言った。

「どうかなさいましたか。おみうけしたところ、ご気分でも悪いのでは……」

その質問に、青年はうるさげに答えた。

「いや、なんでもない」

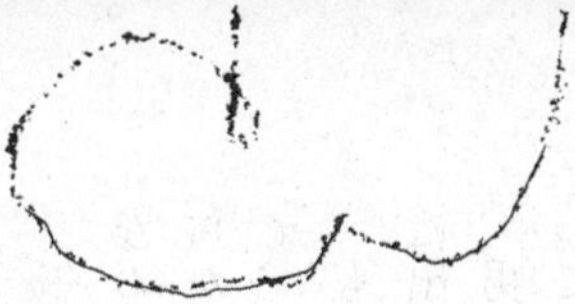

見物の人

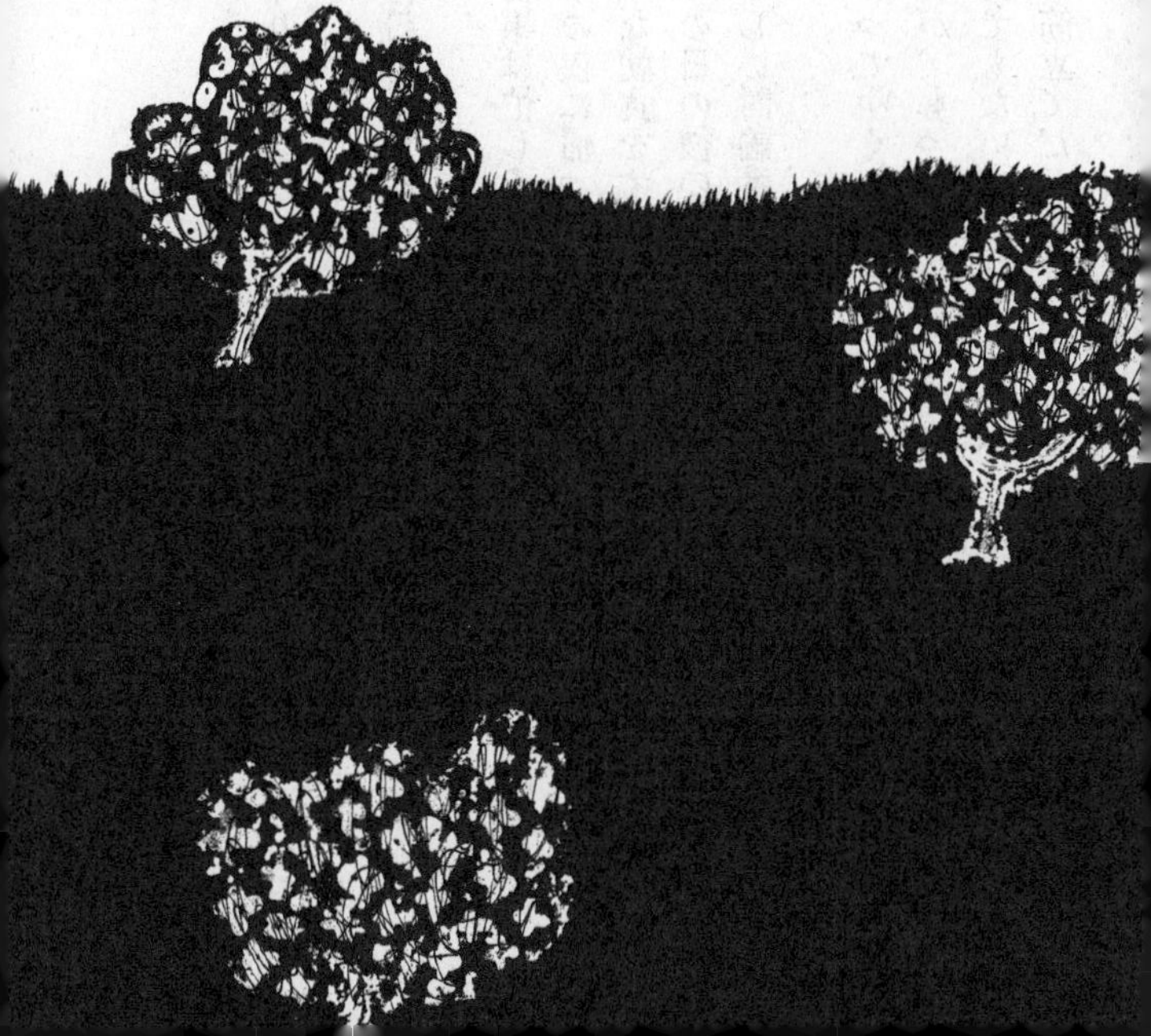

午前十時ごろ、その男はゆっくりと目をさました。きょうは出勤しなくてもいい日なのだ。つとめ先の会社に自由休日制ができてから、ずいぶんになる。月に一日、あらかじめ届け出れば、きまった休日のほかに、好きな日に休んでいいのだ。彼にとって、きょうがそれだった。

もっとも、それだけ会社での仕事は忙しくなっている。彼は二日がかりの出張旅行に出かけ、商談をまとめ、きのうの夜に帰ってきたというわけだった。

男はトーストとコーヒーの簡単な朝食をすませ、タバコを一服し、長椅子にねそべってテレビをつけた。これが休みの日の彼の習慣といってよかった。

画面があらわれる。主婦むけらしい討論番組をやっていた。司会者がしゃべっている。

〈では、これからの流行はどう変ってゆくか、どうあるべきかについて……〉

スタジオには評論家らしき男女が、もっともらしい顔つきで並んでいる。

「あい変らずだな。どうせ、ああでもない、こうでもない、みなさん、おたがいによく考えてみましょうで時間となる筋立てだ。流行なんか、予測できるわけがない。くだらん企画だ。どうってこともない……」

男はつぶやき、チャンネルを回した。画面では映画をやっていた。若い連中が犯行計画を相談しているシーンだった。

「ふん、犯罪物か。あの計画も途中まではうまく進行するが、やがて警察側がやつらの手ぬかりをうまく突き、二、三回はらはらさせる場面があるが、犯人たちのうつ弾丸はいっこうに当らず、最後にはみな逮捕。めでたしめでたしというしかけにきまっている……」

またチャンネルを回す。西部劇だった。馬にまたがったガンマンが、砂漠のなかの街へやってくるところ。

「あの顔つきと身だしなみからみて、こいつは善玉だな。そのうち、うまいぐあいに美女と仲よくなり、それから街のボス一味との対決になる……」

チャンネルを回す。

連続メロドラマらしかった。男は少し眺める。妻子ある男と、若い女、その女をほのかに恋する少年。その三者の組合せで進行していた。

「なるほど、ちょっと新手だな。これでしばらく気をもませようという手法だな。時間かせぎだ。本当の展開は、彼女にふさわしい青年が出てきてからだ。しかし、出てきたらきたで、型にはまった話になってしまうのだろうな。その青年に恋人がくっついているといったぐあいで。男と女の組合せ。そうそう変ったものなど、あるわけがない……」

またダイヤルを回す。派手な身ぶりで、若い歌手が声をはりあげていた。しかし、男はそんなのに熱中するほど、年齢がおさなくなかった。

興味のある番組は、ひとつもやっていなかった。しかし、男はべつにがっかりしなかった。こういうものなのだ。与えられる番組というものは、こんな程度。やむをえないものなのだ。

男はテレビを消さなかった。指をのばして、スイッチを切換える。いままでは〈一般放送〉だったが、それを〈有線放送〉へと。

画面には、へいがあらわれた。コンクリートの高いへい。刑務所のへいなのだ。脱走にそなえて、監視塔にテレビカメラがすえつけられている。それのとらえている光景なのだ。単調そのもの、変化がまるでない。へいの上にスズメがとまり、しばらくして飛び去っていった。いくら待っても、それ以上のことは起らない。

男は〈有線放送〉のほうのダイヤルを回した。

デパートの内部の、ある階がうつった。オモチャ売場。色とりどり、大小さまざまなオモチャが動き、幼児を連れた婦人たちが大ぜいいた。子供の声がきこえる。

どのデパートにも、店内監視用テレビがそなえつけられている。万引などの犯罪防止。火災など事故の早期発見。人のこみぐあいや流れの統計をとり、効率のいい陳列法の資料とする。それが本来の目的だった。

最初は店内管理用だけのものだったが、あるデパートがそれを〈有線放送〉の回線にのせ、一般に公開した。宣伝に役立つかもしれないと考えてだ。つまり、だれでもそれを見ることができるようになった。一時的、実験的なつもりだったが、意外に人気が出て、それにならうデパートが続出した。

〈オモチャ売場でございます。安全で教育的、お子さまの興味をひく品々がとりそろえてございます。ダイヤルを一つお回しになれば、この上の階がごらんになれます。そこは家具売場、新しいデザインのものが入荷しております……〉

と、時どきテープによる声が入る。ダイヤルを回してゆけば、このデパートの各階を見ることができるのだ。もっとも、絵画展のような催し物は見られない。それを見せてしまっては、客足がへってしまう。

というわけで、〈有線放送〉によって、各地のデパートの各階を見ることができるのだ。

なにもデパートだけに限らない。いまや、企業、官庁、そのほかあらゆる方面でのテレビカメラが、この〈有線放送〉に連絡されている。情報時代のひとつの成果。いながらにして、たいていのところを見ることができるのだ。たとえば、さっきの刑務所のへいのようなところでさえ……。

テレビセットには〈有線放送〉用として、チャンネル切換え用のダイヤルが六ついており、それぞれ、〇から九までの数がついている。その数を適当に合わせればいいのだ。〈一般放送〉とちがって、その点いくらか手間がかかるが。

例をあげれば、〇〇〇〇一に合わせたとする。大気圏外の静止衛星のカメラがうつしているわが国を見ることができる。気象庁の担当者にとっては重要な資料。しかし、その映像を官庁だけが独占しているというのは、どうであろうか。大衆の気象への関心を高めるため、広く開放すべきではないか。そんな要求によって〈有線放送〉へ流されるようになったのだ。

〈高気圧が本土の上空を横切りつつあります……〉

ある時間をおいて、テープの声が入る。しかし、最初のうちはともかく、いまはもう退屈きわまる眺めとなった。気象マニアでない一般の人は、三十秒と見ている気になれない。変化がなく、つまらないのだ。

こんなふうに、六つのダイヤルの数字を組合わせれば、各地各所にあるテレビカメラによって、なんらかの映像を見ることができる。つまり、何十万種類だ。近くダイヤルがひとつ追加されるという。そうなると百万単位の数となる。

電話なみといえないこともない。もっとも電話とちがい、やはりテレビの宿命で〈有線放送〉も一方通行、こっちの意志は伝えられない。ただ見物するだけ、告げられるだけ……。

しかし、その男にとっては、これがけっこう面白いのだった。〈一般放送〉にくらべ、選択のはばがある。

「ねそべって画面を見ているのもいいが、これでは、からだがなまってしまうかもしれないな。たまには車で、郊外へでも出かけたほうがいいのかも……」

つぶやきながら男は、〈有線放送〉のガイドブックを開いて調べ、六つのダイヤルをいじって、高速道路の出入口の光景を画面に出した。

このテレビカメラ、もともとは高速道路の関係者と警察のためのものだった。料金不払いで逃げようとする車、積荷の状態の不完全なトラック、盗難車、それらを発見するためにそなえつけられたカメラだったが、〈有線放送〉に開放され、一般の者も見ることができるようになった。

「道路はそうこんでいないようだな……」

そう言いながら、男は六つ並んだ右はじのダイヤルを一つ進めた。高速道路のある個所がうつった。これももとはスピード違反、事故、路面状況を監視するためのものだった。現実にもその目的で使用中なのだ。

「渋滞もなく、車は順調に進んでいるな。出かけてもいいが、目的地のモミジの色づきぐあいはどうなのだろうか」

そこにダイヤルをまわす。山と谷川のある景色が画面にうつった。これは、その地方の観光協会が宣伝用にそなえつけたもの。

〈お遊びにお出かけ下さいませ。本日は、旅館もまだ部屋があいております。温泉におはいりになり、休養なさるのも、たまにはよろしいのでは……〉

テープの声がくりかえして告げている。宣伝用のため、演出効果を考えてか、湯けむりが画面を左から右へと流れつづけている。

「温泉か。悪くないな。さぞ、のんびりするだろう。しかし、湯けむりのため、モミジの色のぐあいがよくわからない……」

男はダイヤルを一つ進めた。けわしい谷川が画面に出る。モミジの色が美しかった。

かつて、この場所から身を投げる自殺者のつづいたことがあった。その発見防止用にと、役場がとりつけたテレビカメラで、ついでにと〈有線放送〉の回路につながれたものだ。

男はしばらく、その画面を眺めていた。川の流れ、飛びかう鳥、がけの草花、それにモミジといった光景を味わっていたのだ。また、数名の観光客の歩いている姿も見ることができた。

「飛びおり自殺をしてくれるやつはいないかな。それを現実に見ることができたら、強烈な印象だろうな……」

それは本心でもあった。そのうち、若い女がひとり画面にあらわれた。男は期待する。あれが失恋したばかりの女性であって、その心の痛みを忘れようとひとり温泉へ来たのだが、孤独感はかえって高まるばかり。そして、思いつめたあげく……。

だが、そううまくはいかなかった。女は足をとめたが、小型カメラをかまえ、シャッターを押し、楽しげに歩きつづけていってしまった。まあ、それが当然なのだ。うまいぐあいに自殺を見物できる確率など、ゼロに近い。

男はダイヤルを動かす。川の流れだけという、なんということもない光景が出た。大雨による増水を知るための、テレビカメラからの映像のようだった。

「山の上の眺めはどうだろう」

男はガイドブックをめくって、その画面を出した。霧が出ているかどうかを見るため、旅館組合がとりつけたカメラだった。お客から「山の上へ行って、遠くが見られるだろうか」と何度も聞かれるので、正確にそれに回答するためのもの。いまはこれも〈有線放送〉に入れられ、こうしてここで見ることができる。

きょうは晴れていて、遠くまで見渡せた。

「いい景色だなあ……」

男はうなずく。霧のぐあいを見るためのものだから、カメラは一方向を向いたまま。だから、この存在によって観光客のへることはなかった。この地の自然をすべて目にするには、そこへ出かけ、あちらこちらに首をまわさなければならないのだ。

旅行の好きな人は、時間と金を使って出かけて行くものだし、さほどでもない人は容易に腰を上げない。男は後者のほうだった。

さっきから、高速道路、谷川、山の上など、少しずつ眺めているうちに、なんだか行ったような気分になってしまった。

「わざわざ出かけるのも、めんどくさいな。きょうはやめておくか」

そろそろお昼だった。男は六つのダイヤルをいじり、別なところへ合わせる。あるレストランの光景があらわれた。本日のメニューとして、各種の料理が並べられ、その値段がうつっている。外食する人にとって、どこでどんなものを食べられるかの情報は、ありがたい。その要求と、店の側の宣伝との一致で実現したものだ。

男はダイヤルを、さらに一つ進める。そのレストランの調理場がうつった。当店は清潔であり、入念に料理を作っているのだということを示す、お客むけのテレビ回線。それも〈有線放送〉に流されているのだ。

それを眺めながら、男はねそべったまま簡単な食事をし、それで満足した。彼にはそんな性格があるのだった。画面を見つめていただけで、旅行をしてしまった気分になる。それと同じく、料理と調理場を見ているだけで、いい味を楽しんだような気分になるのだった。

食後のタバコを吸いながら、男はまたダイヤルに手をのばす。これは玉石のいりまじった鉱脈なのだ。衝動というべきか好奇心というべきか、掘ってみたいという気分は押さえきれない。なにか面白い光景はないだろうか……。

画面にスーパーマーケットの店内があらわれた。かなり混雑している。なにげなく見ていると、お客のなかに挙動のおかしいのがいた。

「店の監視係め。いねむりをしているのかもしれない。ひとつ知らせてやるか」

男は受話器を取り、画面の右下に出ている電話番号にかけてみた。

「もしもし……」

「はい。スーパーマーケットでございます。毎度ご利用いただき……」

「そんなことより、注意が第一ですよ。いま万引をしている人がいるぞ。みどりの服を着た四十歳ぐらいの女だ」

「ご通報、ありがとうございます。あなたさまのようなかたがおいでなので、この店もおかげさまでなんとか……」

「あいさつより、早くつかまえるほうが……」

「しかし、あの女はちがうのでございます。テレビカメラを意識し、わざと不審げな動作をし、店員にとがめさせ、そこでいなおり、金をゆするのです。その常習犯……」

店の人も店内監視テレビを見ているようだった。男は少し驚く。

「そんなのがいるのですか」

「ええ。各マーケットで連絡をとりあい、その手にひっかからないよう、警戒している人物のひとりです。もっとも、こういうのは例外でございますが、もし本当に万引の現場を発見なさったら、ご連絡ください。当店の監視係の発見よりあとでも、謝礼をさしあげます。当店での万引は不可能との評判がひろまるというわけでございます。

不正を芽のうちにつむことで、社会をよりよくいたしましょう……」

「わかりました。そうしましょう」

ちぇっ、もうけそこなってしまった。万引発見で礼金を得るにも、それだけの研究と努力がいるというわけか。しかし、あんなふうに、監視カメラを逆手にとる妙な常習犯が横行しているとは……。

「もっと大物をねらうとするか……」

男はダイヤルを操作する。画面には、指名手配中の逃走犯人の写真がつぎつぎにあらわれた。各警察間の連絡テレビ用だったものだが、一般の〈有線放送〉に開放されたのだ。

それにスポンサーとして保険会社がついた。それぞれに懸賞金がついている。テープの声がそれをしゃべっている。

〈テレビをごらんのみなさま。ダイヤルをお回しになっていて、どこかでこれらの犯人を発見なさいましたら、もよりの警察にお電話なさって下さい。賞金をさしあげます。あなたの繁栄、社会の平穏につながります。それがわが社のねがいなのです……〉

いずれもかなりの金額だった。逃走犯人にとって大きな精神的圧迫となっているだろう。だから、警察も賞金をみとめたのだ。

「一回でいいから、ああいう大物を釣りあげてみたいものだな……」

男はそう思う。現実に、それで賞金をかせいだ者もいる。偶然の結果かもしれなかったし、あるいは、ひまと頭と勘とを使って、こういう人物はこう逃げるはずだとダイヤルを回して追い、さがし出したのかもしれない。

しかし、いずれにせよ、男にはそれほどの熱意がなかった。しばらくのあいだ、犯人発見の空想にひたっただけ。

それでも、ものはためしと、やってみる。幸運ということだってある。ダイヤルを回すと、画面に公園があらわれた。

公園内にはキャッチボール、花を折ることなど、禁止されている行為がある。それを監視するテレビカメラの光景が〈有線放送〉にも流されているのだ。池の金魚に石をぶつける者はぐんと減った。やはりカメラの効用というべきだろう。

散歩をしている人びとが見える。しかし、もちろんそううまく出現してくれるわけはない。あのなかに、犯人がいるかもしれない。男は少し注意をする。

さっきから、ひとりの若者が、ぼんやりと立ちつづけている。なにをしようとしているのだろう。それは、やがてわかった。

若い女がやってきて、声をかけあい、つれだって歩き、画面から消えた。デートの待合せだったらしい。もしかしたら、いまの女、若者がいることをテレビでたしかめ、それから出かけてきたのかもしれないな。このごろは、ちゃっかりした女がふえている。

男の頭には、いまの若者の顔が残っている。そうだ、いまのうちにと、彼はあるダイヤルに合わせた。警察用の家出人さがしの画面に。

〈これらの人を見かけたら、すぐお知らせ下さい。依頼人から謝礼が出ます……〉

男はひとつひとつダイヤルを進め、つぎつぎに家出人の顔を見た。しかし、いまの若者はそのなかになかった。

「ものごと、そううまくはいかないというわけか……」

男はあきらめ、いまの若者の顔はそれで忘れた。

いままでとまったく変ったものを見ようかなと、男はダイヤルをいくつかいじった。画面にお寺の本堂がうつる。葬式をやっていた。坊さんがお経を読む声、涙にくれる遺族や友人の姿、弔辞を読む有名人。それらに、いながらにして接することができた。

葬式をビデオに記録し、とっておきたいという遺族もいる。また、どうしても仕事のつごうで列席できず、テレビを通じて礼拝したいという人もある。それらの要求をみたすため、お寺がそなえつけたテレビカメラ。

ダイヤルをつぎつぎに進めれば、各地のお寺や教会での葬式を見物することもできる。世の中には、その見物が趣味という人がいるらしいが、男はそうでなかった。一分間ほど見て、このところ知人に葬式のない幸福をかみしめ、べつなものに画面を変えた。

ホテルでパーティをやっていた。広い部屋、楽しげな人たち。どこかの会社の創立五十年記念の会だった。みな、ほどよく酔い、社長や来客が、きまり文句のあいさつをしゃべり、拍手がつづいた。

どこのホテルも、内部の各所にテレビカメラがしかけられている。各階の廊下が主だ。犯罪防止のためだが、それは〈有線放送〉には流されない。プライバシー保護のためだ。面会人を避け、ひとりの時間を持つためホテルに宿泊する人もある。それを見られては、お客さまのためにならない。

どこのボウリング場の内部も、この〈有線放送〉で見ることができる。いま、どの程度にこんでいるのかを、来ようとする人に知らせるためのものだが、へたくそなボウリングを眺めるのも、ちょっと面白い。

ボウリング場のみならず、テニスコート、ゴルフ場、季節によってはスキー、スケート場まで見ることができる。

娯楽関係だけに限らない。裁判の光景だって見ることができる。裁判は公開が原則。傍聴席にカメラをおいて、どこが悪い。裁判所にしても、公正さを世に示したほうがいいというものだ。

それで〈有線放送〉に乗るようになったのだが、全国の地方裁判所、刑事民事のすべてにわたってとなると、もうだれも熱心に見る者はいなくなった。知人が巻きこまれた事件なら話はべつだが、自分に関係のない裁判など、だれが関心を持つものか。重要な裁判は、新聞が整理し解説し、要点をまとめて知らせてくれるのだから。〈有線放送〉が普及する前もあとも、その点あまり変りはなかった。

政治も同様。すべての議会を〈有線放送〉で見ることができる。国会をはじめ、都議会、区議会、しかも本会議ばかりでなく、どの委員会の部屋にもテレビカメラがそなえつけられている。

こうなると、中継しないのと同じこと、ほとんどの人は関心を示さない。時間つぶしに見る人さえない。しかし、議員たちはカメラを取り去ることに反対だった。だれかが見ていてくれると考えているらしい。現実には、その家族ぐらいしか、いや、その家族さえ見つづけてはいまい。

かつて〈一般放送〉だけだった時代、国会中継となると代議士が芝居がかった行動をしたものだが、いまやなんということもない。どことなくむなしい。

それでも、どの議員も自分の事務所に〈有線放送〉のカメラを持っている。そこへダイヤルを合わせてみる。

〈有権者のみなさま。わたくしがいま、とくに訴えたいことは……〉

ビデオの録画による政見発表が、くりかえし放映されている。街頭で大声をはりあげられるよりいいとはいうものの、これまたむなしい気分にさせられる。同じ見るなら、遠くはなれた山のなかの、村会議員のそれのほうが興味があるというものだ。

また、ダイヤルを回すことによって、どの学校の、どの講義をも聞くことができる。その気になれば、一流大学の教授の講義をも聞けるのだ。しかし、それで資格が取れるわけではない。月謝を払わないで、卒業免状をもらえるわけがない。理科系だったら、実験をしなければ知識が身につかない。

学問とは、月謝を払って校内へ出かけること。かつて〈一般放送〉で、教育番組の重要性が叫ばれた時代もあった。しかし、視聴率はひどいものに終った。そういうものなのだ。家にねそべっていて学問をしようというのが無理なのだ。

男は、それでも、ある大学の講義を五分ほど聞いた。学生時代の先生の、その後を知りたいと思ったのだ。

「あい変らずお元気だな。少しとしをとられたようだ。定年まであと何年かな……」

べつな番号にダイヤルを回す。

どこか名も知れぬ小さな劇団の芝居がうつった。奇声をあげ、奇妙な動作をし、筋もなんにもなかった。そのうちに終り、ひとりが画面にむかって言う。

〈ごらんいただけましたでしょうか。これこそ新しい芸術。これがわからないようでは、現代人じゃない。このみごとな前衛性は、すばらしかったでしょう〉

男は肩をすくめてつぶやく。

「たまたま、ごらんになってはいたけどね。なにがなにやら、さっぱりわからん。頭のおかしいのは、そっちじゃないのかね。本気でやってたのなら、ごくろうさまなことだ」

あれこれダイヤルを回しているうちに、時間が流れ、男はなにかを食べ、いつしか夜になる。

男は、ある盛り場の道にダイヤルを合わせる。このところ、これがくせになっている。何日か前、ここで偶然にけんかを見た。酔っぱらいのなぐりあいだった。まもなく、かけつけた警官に制止されはしたが。

〈おぼえていろ、こんど会ったら、ぶちのめしてやるから……〉

と、どなりあって別れたのだ。まったく、あのシーンはすごかった。胸のどきどきする迫力があった。芝居でなく、本物なのだ。流れる血も、痛がる声も、つくりごとではない。それに、これを見ているのは自分のほかにほとんどいないのだと思うと、その興奮は一段と強かった。

もう一回あれを見たいものだとの期待は押さえられない。やつらは「こんど会ったら」と言いあっていた。それに望みをつなぎ、つい、この盛り場を画面に出してしまうのだった。

しかし、今夜もなにも起こらなかった。ほろ酔いの人たちが歩いているだけ。

「だめか。あれは酔った上でのけんかで、さめたら忘れてしまったのかもしれないな」

男はあきらめ、時計を見る。

「そろそろ寝るとするか……」

ビールを持ってきて、それを飲む。そして、なんとなくまた、刑務所の監視塔のカメラにダイヤルを合わせてしまう。夜にまぎれて脱獄するのを、この目で見たいものだと……。

「やはり、だめだな。囚人たち、だらしのないやつばかりだ。ここに、こんな熱心なファンがいるのだから、一回ぐらい楽しませてくれてもいいだろうに。監視係がいねむりをしていても、おれは通報しないでやるぞ……」

はたして通報しないかな。賞金ほしさに、電話をかけてしまうかもしれないな。しかし、そうそう脱獄などあるわけがない。

やがて男はあきらめ、テレビのスイッチを切り、眠りにつく。あしたは会社に出勤しなければならない。

おれは、のびをしながらつぶやく。

「あきれたね。あの男、一日中ねそべって〈有線放送〉を眺めつづけだった。ほかには、なんにもしなかった。なんともいいようのない、とんでもないやつだ……」

おれは留守番監視サービス会社の社員。出張や行楽などの旅行で留守をする個人の住宅内にテレビカメラをとりつけ、泥棒が入らないよう警戒し料金をもらう企業だ。ひとりで百軒ほど受け持つ。どの画面も、動く人かげがひとつもない、からっぽな部屋ばかり。だから百軒も受け持てるのだ。どこかの画面に人があらわれれば、警備保障の会社のパトロール車に連絡すればいいのだ。

しかし、あの男は出張から帰っても、解約の電話を入れるのを忘れ、カメラにカバーをかけていない。会社では写真により、そこの住人の帰宅とみとめて、監視対象からはずしている。

しかし、おれはちょっと興味を持った。あいつの日常を見物してやろうと。おれは会社のそばの寮に住んでいる。そして、きょうは非番。会社からここまでを配線でつなぎ、テレビで眺めることにしたのだ。

こういう機会でもないと、いかに〈有線放送〉の時代とはいえ、個人の生活を見ることはできない。プライバシーは決して〈有線放送〉に乗らないのだ。

大いに期待したわけだが、なんということ、いっこうに動かず、ねそべったままテレビを見つづけの人物とは……。

おれは〈一般放送〉の番組へと切り換えた。落語家がしゃべっていた。

〈ええ、まず、江戸小話をひとつ。ご隠居さん、世の中にはのんびりした人がいるもんですね。八っつぁん、なんでまた、そんなことを言い出したんだね。いやね、一日中、ずっと川に釣糸をたらし、ウキをながめつづけというやつがいたんですよ。そんな人がいるかねえ。うそじゃありませんよ、ご隠居さん、あっしが、はじめから終りまで、ずっと見てたんですから……〉

ふん、何回も聞いた、お古い小話じゃないか。つまらん。ああ、あ、おれもそろそろ眠るとするか。

すなおな性格

ひとりの若い男がやってきた。占い師はそれを迎えた。神秘的にして、にこやか。やや深刻そうでありながら、あいそがいい。そんな表情と口調とで言った。

「よくいらっしゃいました。さあ、さあ、どうぞ椅子へ。まことに現代は迷いの多い世の中。複雑にして、危機をはらんだ時代です。本来はそうじゃないんでしょうが、政治家やマスコミが、複雑だ危機だと、くりかえし叫びつづけてきたので、本当にそうなっちゃった。社会がいけないんです。しかし、社会に文句を言っても、答えはかえってこない。そこに占い師の存在価値があるのです。わたしは占星術が専門です。星占い。よく当りますよ。驚くほどよく当ります」

「そりゃあ、当るでしょう。当るからこそ、占い師のわけでしょう。こう、店をかまえて営業している。そこを信用したからこそ、ぼくはここへやって来たのです」

人のよさそうな男のようすを見て、占い師はいささかあきれ顔。

「科学にもとづく天気予報さえ疑ってかかる人が多いのに、これは珍しい人だな。あなたは、すなおな性格のようですなあ」

「これはこれは。ぼくのそんな性格を、ずばりと指摘なさるなんて、じつにすばらしい。もしかしたら、あなたは天才的な占い師かもしれない」

「なんとなくくすぐったいが、信用されるということは、悪くない気持ちです。で、どんな悩みごとをお持ちなのでしょうか」

「そこなんです。まもなく大学を卒業するんですが、どんな職業をえらんだものか、それを教えていただきたいので……」

「これはまた、なんと主体性のないこと」

「すごい。またも、ずばりと指摘なさった。ぼくは友人たちから、いつもそう言われているんですよ」

「もう少し、くわしくお話し下さい。とくいな学科はなんであるとか……」

「それがねえ、ないんですよ。頭は悪くないと自分でも思っているし、成績もみな平均点以上。にが手な学科でもあればいいんでしょうが、それもない。ですから、どんな道を選んだものか、見当がつかないんです」

「こんなお客ははじめてだ。全面的に他人まかせとは。新しい世代があらわれたというべきか、あなたが変っているというべきか。まず、大学の先生に相談したらどうなんです」

「相談してみましたよ。すると、それぐらい自分できめられなくて、どうする。そうおこられました。まったく、いまの大学の教授ときたら、無責任というべきか、学生への愛情不足というか……」

「そういう見方もあるわけですな」

「あれこれ考えているうちに、雑誌で川柳《せんりゅう》を読みました。おちぶれてから占いにすがりつき。そこで決心がついたのです。だれだって、おちぶれたくない。ころばぬ先のつえ。以上が、ぼくのここへやってきた理由のすべてです」

男は理路整然と説明した。占い師のほうも、これが商売。もっともらしく聞く。

「では、運勢の診断にかかるとしますか。あなたの星座はなんでしょう」

「白鳥座だそうです。うまれた時、まうえにあった。父は天文学者で、その点はたしかです。ちょうど月食がありましてねえ。太陽に大黒点があらわれた年だったとか……」

「あつかいやすいような、あつかいにくいような、変なお客だな。まあ、いいでしょう。星占いをやってあげましょう……」

占い師は星座表をながめ、意味ありげなカードを並べ、それから言った。

「……なるほど、やはりそうか。あなたが就職先に迷うのも当然です。あなたは企業の一員となるのにふさわしくない性質です。その根拠は、ここに火星があり……」

「くわしい解説はいりません。結論だけわかればいいのです。で、具体的に、どんなことをやったらいいんでしょうか」

「個人でなにかするにしても、資金がいります。まず、歩合制のセールスマンになって、大いにかせいだらいいでしょう」

占い師としては、この男、世の中の非情さを知らないようだ。考えが甘い。少し苦労させたほうが当人のためだ。そんな気分での、常識的な指示だった。しかし、男はすなおであり、さらに聞く。

「金がたまったら、どうしましょう」

「株をおやりなさい。うまくいきますよ」

株をやるようになれば、各企業についての調査や研究に身を入れるだろう。そのなかから、自分に合ったものを発見できるという結果になるだろう。

「女性運はどうでしょう」

「当分のあいだ、よくありません。そんなことより、まず仕事にはげみなさい。その努力によって、運命は必ず順調の道をたどります」

常識的にして妥当な言葉だった。

「やってみましょう。いろいろとお教えいただき、ありがとうございました」

男は金を払い、帰っていった。

その指示どおり、男は仕事にはげんだ。これが運命と信じこんでいるので、かなりの失敗にもくじけない。最初は家庭用品のセールスをやった。何度ことわられても、くじけない。ほかに生きる道はないと思っているからだ。したがって、能率もあがり、成績は悪くなかった。

時どき、占い師をおとずれる。

「おかげさまで順調です。運命の波に乗っているという感じです。たくさんお客がつき、信用もでき、いまは宝石のセールスをやっています。これは利益が大きい」

「まあ、がんばって下さい」

「これはお礼です」

まとまった額を、男は占い師に渡す。つぎに占い師を訪れた時は、こう話した。

しだいに仕事は大がかりになる。

「しばしば外国へ出かけています。いまは生産設備をひとそろい売りこむことをやっています。ぼくが出かけてゆくと、たいてい買ってくれる。運命の力は、おそろしいほどですね。これはお礼です」

それを聞き、占い師は内心、まさかこれほどになろうとはと、むずむずするような気分。しかし、うなずいて言う。

「占いとは、そういうものなのです。ご成功、おめでとう。さらにがんばって下さい」

「そろそろ、この仕事をやめるつもりです」

「なぜ。せっかくうまくいっているのに」

「最初におっしゃったじゃありませんか。資金ができたら株をやれとの運命の指示に従い、その方面へ転身するつもりです」

「そうでしたな……」

巨額なお礼をもらい、占い師はいささか当惑。この男、でまかせの言葉を信じて、どえらい金をもうけやがった。いまの仕事をつづけていればいいのに、へたに商売がえをすると、失敗するぞ。うしろめたい不安にかられた。このあたりが潮時と、その占い師はだまって引っ越してしまった。損をしたとどなりこまれては、たまったものじゃない。

男は株の売買をはじめた。これも順調だった。たまに損をすることがあるが、運命の試練だろうと、あきらめない。すぐにその倍ぐらいもうけるのだった。これが運命と信じこんでいるのだから、迷いがない。決断はいつも適切。かなりの財産を作って、三十歳を越えた。

さて、これからどうしたものか。星占い師を訪れたが、どこへ越したか不明。自分ではなにもきめられない性格なのだ。仕方がないので、べつな占い師のところへ行く。

「じつは、悩みごとがありまして……」

「いらっしゃいませ。お見かけしたところ、だいぶ景気がよろしいようで」

「よくわかるな。悩みはそこにある」

「なければ困るが、あればあったで悩み多し。それが金銭というものです。で、問題はどんなことで……」

「そこです。じつは、これから金をどう使ったものか、わからないのだ」

「なんですって。珍しい質問をするかただ。普通はもうけ方を聞きにくる人ばかりなのに。手をお見せ下さい。わたしは手相で占うのです。東洋の方式は、手の筋で運命を見る。西洋の方式は、手のひらの肉のつきぐあいで、性格にふさわしい進路を予知する。その両方の長所をとり入れたのが、わたしのやり方で、よく適中します……」

ためつすがめつ、手のひらを見つめる。

「どうあらわれていますか」

「旦那はいままで、働きつづけだった」

「よくわかるな。すばらしい占いだ。で、どうしたらいいと出ています」

「遊ばなければいけません。のんきに旅をし、うまいものを食べ、女遊びでも……」

働きづめは健康のためにもよくない。また、余裕をもって世間をながめる心境になったほうがいいとの意味をこめた、妥当な忠告だった。男は聞く。

「しかし、以前の占い師は、女性運に恵まれてないと言っていた」

「結婚は急がないほうがいい。しかし、女性にはもてますよ。ごらんなさい、手のひらのこの部分が……」

かなりの財産のある男のようだ。へたに結婚をすすめ、あとで文句をつけられては困る。そう考えて、うまくぼかした。

「占いに出ているのなら、そうなのだろう。しかし、どう遊んだものか。残念なことに、現実によく知らないのだ。どうだろう、謝礼は充分に出す。どんなふうに遊べばいいのか、指導してくれないか。運命にさからいたくないのだ」

「ふしぎなかたですなあ、旦那は。お相手するのは願ってもないことですが、本当なんですか」

「ああ。できれば、すぐにはじめたい」

こんなうまい話はなかった。占い師は、なんとか考え出す。金をもうける計画なら大変だが、遊ぶほうなら容易なのだ。

「では、旦那。さっそく、美人のたくさんいるナイトクラブへでも……」

いそいそと案内に立つ。なにしろ金はあるのだ。それを気前よく使うのだから、もてるにきまっている。女性たちは口々に言う。

「あら、すてきなかたねえ。これから、たびたびいらっしゃってね」

まんざらでもない気分の男に、占い師はささやく。

「旦那いかがです。女性運もそう悪くはないでしょう」

「まったくだ。占いの通りだ」

「大いに楽しむべきです。そうでなかったら、悪運の道にふみ込んでしまうところでした」

占い師はたちまち、ごきげんとり専門の役に転身した。自分もいっしょに遊べるのだし、謝礼の金も入るのだ。温泉にでも行って、うまいものを食べながら、しばらくのんびりしましょう。ゴルフをはじめませんか、わたしもいっしょに習います。ヨットを買って、美女たちを乗せ、海の旅はいかがでしょう。ひとつ、雄大な計画、猛獣狩りをしに外国へ行きませんか。銃をぶっぱなすと、気分がすっといたしますよ。

遊ぶ方法はいろいろあり、あくせく働くより楽だった。占い師は言う。

「貫録と申しますか、品位というか、それが旦那の身にそなわってきましたよ。こう申しては失礼だが、最初は、ビジネスしか知らない、金もうけ専門の人物といった外見だった。それがいまや、みちがえるように……」

「おまえの占いのおかげだ」

「わたくしとしても占ったかいがあったというもので……」

占い師は調子がいい。あと占うことといえば、自分のひき時だけ。男の金がなくなりかけると、占い師はたちまち姿を消した。

男はどうしていいのかわからず、ひとりとり残されたかっこうだった。もう四十歳ちかい。これから、いかなる運命をたどればいいのか。彼のやったのは、べつな占い師を訪れることだった。

「迷っているのだ。これから、どう人生をすごしたらいいのか、占ってくれ」

「うれいのかげがありますな。いまさら金もうけをする気もない。といって、遊びにもあきた。そんなふうにお見うけ……」

「よくわかるな」

「そこが商売でして。わたしの専門は、姓名判断。くわしいことは、それによってわかります。この紙にお名前を……」

男はそれに書きながら言う。

「もっともらしい解説はいらない。要領よく方針だけを教えてくれ」

「これはこれは、物わかりのいいお客さま。占いは理屈じゃない。そうこなくてはいけません。結論はですな、あなたはなにか生きがいのある行動をすべきである。いかがでしょう……」

「なるほど、たしかにそんな気分だ。金もうけや遊びより、もっと刺激の強烈なことがしたい。すばらしい占いだ。で、どうしたらいい。代金は払うから教えてくれ」

「二日ほどのあいだに、なにかきっかけがあらわれましょう。その時です。ためらってはいけません」

「うまくゆくかな」

「信念ですよ。それさえあれば必ず……」

「そうだろうな。それに従おう」

男は謝礼をおいて帰っていった。そのあと、この占い師は電話をかける。

「適当な人物がみつかった。うまく仕事をやってくれそうだ。名前はだな……」

なんと、この占い師、某国の秘密情報機関とも契約していた。よさそうな人物を選び出して連絡をすると、リベートがもらえる。情報部員は、つぎの日さっそく男を訪問する。

「とつぜん紹介もなしにうかがいましたが、いかがでしょう。外国旅行をなさってみませんか」

「もう旅行はあきた。そんな金もない」

「旅費ばかりでなく、たくさんの謝礼をさしあげます。いささか危険がともないますが」

「危険とは面白い。なにか仕事か」

「重要な極秘書類の運び役です。航空機が離陸しますと、スチュワーデスがあなたに拳銃《けんじゅう》をお渡しします。それで身をまもって下さい。お使いになれますか」

「猛獣狩りの時に使ったことがある。で、万一その書類が盗まれたらどういうことになる」

「そんなことがおこっては困るのです。書類があなたのからだから十センチ以上はなれると、しかけてある爆薬が作用し、書類もろとも、あなたをふっ飛ばします」

「スリルとサスペンスにみちているな」

「対立国の陣営も必死です。あなたは世界の航空路をどう乗りついでもいい。目的地の本部にとどけて下さい。爆発させずに書類をはずせるのは、そこだけです。いかがでしょう。やっていただけますか」

「やりますとも。まったく、あの占い師はすごい。こんな形で実現するのだから。これが運命というものだろう。信念さえあれば、必ず成功するのだ……」

男はすぐ承知した。実行にうつる。予期したとおりというべきか、予想した以上にというべきか、この任務にはさまざまな危険がつきまとった。

あとをつけられ、ホテルの窓に銃弾がうちこまれ、なまめかしい美女が誘惑にあらわれ、間一髪というところで毒入りの酒を飲まなくてすみ……。

一回だけ、寝ているところをとっつかまった。書類をどこにかくしたのか問いつめられ、胸や腹をぶんなぐられた。しかし、書類はシャツの内側にぬいつけられてあり、さいわい爆発しなかった。

「命だけは助けて下さい。書類はカバンの二重底のなかに……」

相手がそれをこじあける。しかけてあった催眠ガスが噴出し、そいつはばったり。

男はあやうく脱出できた。

やってみると、けっこう面白い仕事だった。ぞくぞくする。これが運命なのだし、同じことなら、楽しんでやったほうがいい。

使うほうも、こんな熱心な人材は珍しいと、つぎつぎに仕事を与え、謝礼をはずんだ。書類を運ぶといった簡単なことではなく、どこそこへ潜入し、機密を盗んでこいという、高級な任務を与えられるようにもなった。

しかし、いつまでもとはいかなかった。男はくびを言い渡された。

「もうやめてもいいぞ。ごくろうだった」

「もっと働かせて下さい。これまで、すべてうまくやりとげてきたでしょう」

「おまえの顔は、対立国にすっかりおぼえられてしまったのだ。第一線では使えない。功績にむくいて昇進させたいが、おまえは一時やといの身分で、情報部の一員ではない。役につけて、内部の秘密を知られては困るのだ。よって免職とする。少しだけ退職金をやる」

男はお払い箱となった。さて、これからどうしたものか。たよるは占い師しかいなかった。街を歩き、看板をみつけ、入っていって言う。

「これからどうしたものだろう」

「わたしは霊感占いです。あなたはこれまで、波乱にとんだ人生だったようですな」

「その通り。よくわかるな。二十代で金もうけ、三十代で遊びについやし、四十代でスパイの手伝い。そろそろ五十だ……」

聞きながら、占い師は思念をこらすふりをした。妙な経歴の客が来たものだ。こんなのにふさわしい、まともな職業など、あるわけがない。せいぜい小説家だろうが、そんな素質はなさそうだ。

「どうもこうもないな。こうなったら、非合法なことでもやるほか……」

思わず、そうつぶやく。男はありがたく、その指示を受ける。

「そういたしましょう」

「なにか、わたしが言いましたか」

「ええ、霊感のお言葉を口になさいましたよ。それが運命なら、熱心にはげむとしましょう。これはお礼です」

「まあ、せいぜい努力なさることですな」

かなりの額の金をもらい、占い師はきょとんとする。なにをしゃべったのだろう。やがて、非合法、すなわち犯罪をそそのかしてしまったようだと気づき、あわてて引っ越す。巻きぞえはごめんだ。

しかし、男はその指示にはげんだのだった。ゲーム装置をかねたチューインガムの自動販売機を作り、それをレストランやバーなどに売りこんだ。

単純ですぐおぼえることができ、はじめたらやめられない面白さのある装置。かつてさまざまな遊びをした時期の経験が、そのヒントとなった。また、売りこむこつも知っている。たちまちのうちに、その自動販売機は普及した。

そのチューインガムのなかには、少量の弱い麻薬が入れてある。だから、はじめると病みつきになってしまうのだ。麻薬の密輸には、スパイの手先だった時の体験が役に立った。

黒い組織ができあがってゆく。集金係の子分だの、その監督係だの、用心棒だのがふえる。利益があがり、資金が大きくなる。それをもとに、株主総会でのいやがらせだの、株券の偽造だのをやった。以前に株をやった時の知識が役に立った。

また、秘密の賭博《とばく》場も経営し、さらに発展させていった。これが運命なのだ。忠実に従わなければならぬ。天の指示なのだ。

あるビルの地下室に、賭博場に適当な一室があるという。なんとかそこを手に入れたいが、なかなか居住者が承知しない。子分からその報告を受け、男はのりこんだ。信念をもって努力すれば、うまくゆくはずだ。

行ってみると、占い師の看板が出ていた。

「いらっしゃいませ。どんなことでお悩みですか」

そう言われると、男はつい聞いてしまう。そういう性格なのだった。

「これからどうするかだ」

「あなたは、このところよからぬ仕事をしておいでのようだ」

「まさしく、そうだ。よくわかったな。なんで占った」

「霊気ですよ。わたしは煙占いをやっています。大気こそ、人間になくてはならないもの。その人の運勢は、まわりの大気の微妙な流れの変化となってあらわれる。それをやると、ぴたりと当る。だから、風も吹かない、換気装置のない、静かなこの地下室で営業しているのです」

「ひとつ占ってくれ。礼は前金で払うよ」

男は金を出した。占い師は何本かの線香に火をつけ、男のまわりに立てた。マスクをし、息をひそめながら、その煙の流れをもっともらしく、じっと観察する。

「ふうん。なるほど……」

「なにかわかったか」

「しかし、どうも、それが……」

「かまわん。なんでも言ってくれ。運命には従わざるをえないのだ」

「お気に召さないかもしれませんが、あなたの悪業も、まもなく終りです。警察に調べられ、なにもかも発覚するでしょう」

「そうか。そういう運命なら、覚悟しなければならぬようだな」

男の帰ったあと、占い師は警察へ電話をする。秘密の賭博場のためにあけ渡せと、子分におどされていた。そのしかえしのつもりだった。警察は男を呼び出し、取り調べる。

「さあ、なにもかもしゃべってしまえ」

「はい。すべて申しあげます」

「念のために言っておくが、自己に不利なことに関しては、黙秘権というものがあるのだぞ」

「いえ、運命にさからってはいけないのです……」

男はあらいざらい説明した。これには警察もびっくりした。こんなに大がかりな犯罪組織があるとは、まったく予想していなかったのだ。妄想患者かと思いながらも、ためしに名前の出た子分たちを調べてゆくと、事実とわかった。

裁判となる。男は弁解しなかった。これが占いによる運命なのだから。懲役八年の刑となった。本来ならもっと重刑のはずなのだが、取り調べに当って、きわめて警察に協力的だったため、この程度ですんだ。

刑務所へ送りこまれる。そこの囚人のひとりに、もと占い師だったというのがいた。

男は聞いてみる。

「ここに何年ぐらいいることになるのか」

「足の裏を見せてくれ。そこを見て占うのだ。人間は歩くことで生活している。すなわち大地との接触部分。地磁気の変化が、そこに形となって残っているのだ」

「なるほど、そういうものかもしれぬな」

男は足の裏を見せる。差入れの品を、その礼として渡し、解答をたのむ。相手はのぞいて言う。

「ずいぶん、いろんな仕事をやってきたな。最後はよからぬことをしでかした」

「すごい、ずばりだ。で、これからは」

「この足の裏のぐあいと、ここの地磁気とは、うまく一致している。だから、ここでまじめにしていれば、五年くらいで出られるだろう……」

「そうか。運命がそうあらわれているのなら、きっとそうなる」

男は信じて疑わなかった。模範的な囚人として、年月をすごした。たちまち五年がたつ。はたせるかな、仮釈放の許可が出た。刑務所の所長室へ呼ばれる。

「おまえは出所していいことになった。ふたたび悪事をおかすなよ。出ても、すぐ舞い戻ってくるのが多くて困る。もっとも、そのおかげでわたしが給料をもらっているわけだがな」

「はあ」

「出所してから、なにをするつもりだ」

「まったく、あてがありません。なにをしたらいいのか考えつかないのです」

「妙なやつだな。たいていの者は、あれをやりたいこれをやりたいと、一応は考えているはずだが。そうだ、わたしは趣味でトランプ占いをやっている。それで調べてみるかな。よく当るぞ。大きな声では言えぬがね、出所の者について、それぞれ占って統計をとっている。戻るという占いの出たやつは、ほとんどまたここへ舞い戻ってくる」

「すばらしい占いもあるものですね」

「おまえのために、特別にここでやってみせる。さあ、順番に五枚のカードを抜いてくれ」

「はい」

男はそれをやる。所長は机の上にそれを並べ、ほかのカードをまわりにつなげ、あれこれ指で押さえて考えこむ。

「ううむ……」

「どうなるんでしょう、わたしは……」

「こういう例は珍しい。社会事業につくすと出ている。ここを出所して、そんな人物になるとは信じられぬ……」

「そう占いに出ているのなら、それがわたしの運命なのです。必ず、そうなります。では、さようなら……」

男は出所した。老人病専門の病院の下働きとなって、献身的に働いた。これが運命と信じこんでいるので、決していやがらない。そのうえ才能もあるし、過去に多くの体験をつんでいる。それらがものをいいはじめる。

組織を作るこつも知っているし、寄付金を集めるこつも知っている。友人だって、けっこういるのだ。男が本心からまじめになったとわかると、協力者がたくさん出てきた。

男は、恵まれない人たちのための旅行会社を作り、子供のために遊び場を作り、さまざまな施設を作っていった。悪に強きは善にもといったところだが、事実は、当人がこれこそ運命と信じこんでいるだけのことなのだ。

大変な活躍ぶりだった。寝食を忘れてといった形。そのせいか、年齢のせいか、男はからだに疲れを感じはじめた。

ふと目をやったところに、占い師の看板がある。そこへ入ってゆく。

「ひとつ、たのみたい」

「なんでもお答えできますよ。あなた、ご自分の健康が心配なのでしょう」

「その通りだ。せっかくここまで仕上げたものを、いつまでつづけられるか……」

「占いましょう。わたしは数字の占いです。といって、よくあるいいかげんなものではない。コンピューターを導入したものです。ですから、くわしいデータが必要だ。費用と時間がかかります。あなたの過去をくわしくお聞きしたい。それにもとづいて、あなたの運命指数を知る。いや、よくあるような単純な数ではない。うちのは、小数点以下、三十けたまで算出します。さあ、ゆっくりうかがいましょう。データが豊富だと、それだけ未来像が正確になる……」

男はすべてを話した。これまでやってきたことについて。占い師は、それらをコンピューターに入れながら言う。

「あなたは占いが好きですなあ」

「そんなことまでわかりますか。さすが、最新式だけあって……」

「それぐらい、すぐわかりますよ。ここにまさる占いはない。占い師連盟の会長の役を押しつけられているぐらいです。判断に迷った占い師が、よくここへ聞きにくる」

「そんなにすぐれた占いなんですか。で、あとどれくらい生きられそうですか。正直におっしゃって下さい。決してうらんだりはしませんから」

「まあ、お待ちなさい。そのうち解答が出てきます」

やがて、金属的な音がし、穴のたくさんあいたテープが流れ出てきた。占い師はそれに目をやり、首をかしげる。

「ふしぎなことも……」

「早く教えて下さい。正確な答がそこに出ているんでしょう」

「そのはずなのだが、あるいは故障したのではなかろうか……」

「故障しているようには見えませんでしたよ。まず、その結果を教えて下さい。あと何時間の命ですか。それとも、わたしはすでに死んでいる……」

「これによるとだな、あなたは当分のあいだ死なないと出ている。十年や二十年どころか、もっとずっと長く……」

占い師連盟の会長のコンピューターは、正確にその本心を告げたのだった。こういう人に死なれては、占い師たちの損失となる。これこそ、最もいいお客の見本のようなもの。見本はずっと存在しているべきである。

そこを男は出る。まさに占いへの信仰のかたまりだった。これが運命なのだ。指示は正しい。確信ある足どり。

一歩あるくと、ひとつ若くなる。二歩あるくと、二つ若くなる。みるみる若がえっていった。これまでずっと、占いの通りだった。だから、今回だって、これが当然のことなのだ……。

男はふと足をとめる。さすがに、なんとなくおかしいと思う。なぜ自分は、こう若くて、ここにいるのだろう。考えてみる。しかし、考えたってわかることではない。これからどうしたらいいのかも……。

道ばたに、占い師が店を出していた。男はそこへ行って聞く。

「あの、ぼくはこれからどうしたら……」

命の恩人

その男はひとり、山の小道を歩いていた。といって、こういうところを歩きたくて、わざわざ出かけてきたわけではなかった。

彼は三十歳ぐらいの会社員。社の仕事で、地方の小都市へ出張でやってきた。こみいった商談が意外に早くまとまり、時間があまってしまった。となると、なにも町なかにとまることもない。少し行けば、ちょっと名の知れた温泉地が、山ぞいにある。たまには、そんなところへ一泊するのもいいものだ。大都会では味わえない静養をえられるだろう。

そんなわけで、ここへやってきたのだった。平日であるため、宿泊客は少なかった。男は旅館に着いたはいいが、べつにすることもなかった。ぼんやりしていればいいのだが、たえずなにかをやっているという都会生活者の習性は、なかなか捨てきれない。

男は旅館の主人に聞いてみる。

「時間のつぶしようがないな」

「散歩でもなさったらいかがです。谷川ぞいの道の眺めは、悪くございませんよ」

「では、出かけてみるか……」

男は教えられた道を、ぶらぶらと歩いた。けわしいがけの中腹に作られた、細い道。しかし、さくが完備しており、安全で適当な散歩道だった。

そろそろ夕ぐれ、山の上部はまだ明るいが、谷底のほうはすでにうす暗く、川の流れの音が、さわやかに激しく響いていた。

その時、あたりの美しい風景にふさわしくない音が、少し先から聞こえてきた。女の悲鳴。男は耳をすました。たしかに女の悲鳴だ。

「だれか、助けて……」

悲鳴といっても、大声ではなかった。ずっと叫びつづけたためか、かすれたような弱々しい声だった。男はその方角に急ぎ、そして、見た。

道にそって谷川の側に作られている、さくのそと。そこの木の枝に、若い女がつかまっている。足は宙に浮いていた。つまり、疲れて手をはなすか、木の枝が折れるかしたら、からだはたちまち谷底へ落下し、おそらく命は助からないだろう。

ためらったり考えたりしているひまはない。男はかけより、さくを片手でにぎり、身を乗り出し、もう一方の手で女の手をつかみ、引っぱりあげた。かなりの力を必要としたが、こういう場合には、思わぬ力が発揮されるものだ。

助けあげられた女は、しばらく道の上に横たわり、ぐったりしていた。かなりの時間、木にぶら下り、疲労や恐怖と戦いつづけだったためだろう。しかし、やがて、自分は助かったのだとの実感がよみがえってきた。それはまず、声となって出た。

「ありがとう、ありがとうございます。おかげで死ななくてすみました……」

平凡な感謝の言葉だったが、口調には心からの感謝がこもっていた。若いが、どことなく古風で、まじめそうな女だった。美人と呼んでいい顔だちだった。男はなんとなく照れくさく、こんなことを言った。

「なんで、あんなことをなさっていたのです。人さわがせもいいところですよ」

「すみません。散歩をしているうちに、きれいなお花の咲いているのを見つけたの。それを取ろうとして、身を乗り出した時、からだの重心がさくを越え、あんなことになってしまいました。思わずなにかをつかんだら、それが木の枝で……」

女は息をはずませながら、とぎれとぎれに話し、男はうなずいた。

「木の枝がちょうどそこにあって、よかったですね。あなたは運のいいかただ」

「いいえ、あの枝だけでは助かりませんでしたわ。自分ではいあがることもできず、ただつかまっているだけがせい一杯。いくら叫んでも人通りはなく、これであたしの一生もおしまいかと……」

「さぞ心細かったことでしょう」

「そこへ、あなたがいらっしゃって、引っぱりあげて下さった。もう数分間おそかったら、あたしは力つき、落っこちて……」

女は谷底をのぞきこんだ。下は岩ばかりで、やわらかなものなどない場所にちがいなかった。あらためて生存している喜びをかみしめ、女は言った。

「……あなたは命の恩人です。どうお礼を申しあげたものか、なにをお礼にさしあげたらいいのか……」

女の目は、うれし涙のせいか、輝いていた。男は手を振って言った。

「いや、偶然ですよ。ちょうど通りがかっただけのことです。あんな光景を見れば、だれだって助けますよ。なにも、あらたまってお礼をおっしゃることなど……」

「でも、現実に、あたしはあなたに助けられたんですわ。ぜひ、お名前を……」

「名前なんか……」

「命の恩人のお名前をうかがわずにお別れしては、あたしの気がすみません。どうぞ、お教え下さい……」

女として、当然の心境だろう。真実のこもった、すがりつくような目つきであり、声だった。それをことわっては、かえって気の毒かもしれない。男はポケットから自分の名刺を出して渡し、こう言いそえた。

「これがぼくの名前です。しかし、こんなこと、早くお忘れになって下さい……」

「そうはまいりませんわ。あなたは命の恩人なんですもの……」

男は旅館の自分の室に帰る。そして、複雑な表情でつぶやく。

「やれやれ、まただ……」

ほぼ月に一回の割で、彼をめぐってこのようなことが起るのだった。どういうわけか、若い女の危機を助けてしまう。この前はどんなふうにだったろうか。そうだ……。

男が踏切りを通りがかり、安全確認のため横を見ると、少しはなれた線路ぎわに、若い女がひとりたたずんでいた。普通でないものが感じられる。

遠くから列車の走る音が響いてくると、彼女の表情は、それまで絶望にみちていたが、決意のようなものに一変した。これは、なにかある。近づいて声をかけようとすると、女が先に言った。

「とめないで……」

「やはり、自殺するつもりで……」

男は反射的に女の手をつかみ、力をこめて引きもどした。列車が音をたてて勢いよく走り去っていった。それを見送りながら、あらためて質問する。

「……いったい、なぜ自殺などしようと考えたのです。若くきれいで、これからが人生だというのに」

「その人生が、あたしにはないのよ。どっちにしろ、長くない命なの……」

女は、自分が現代医学をもってしてもなおらない病気にかかっているのだと言った。これには男も、なぐさめようがなかった。こんなふうに言う以外には。

「そう診断されたのですか」

「お医者が患者に、そんなことを直接に告げるわけ、ないでしょ。でも、あたし帰りがけにドアのそとで、医者と看護婦の話すのを聞いてしまったの。もう、手当てのしようがないんですって……」

「べつな医者にもみてもらったら……」

「むだよ」

「しかし、念のためということもあります。だめだったとしても、もともとではありませんか。死ぬのはそれからでもいい。ぼくの知っている病院があります。そこで精密検査を受けてみたらどうでしょう。そうすべきですよ」

男はむりやり女を引っぱっていった。診察がなされ、心配するような病症はなにもないと判明した。しかし、すぐにはなっとくできず、女は疑問を口にした。

「でも、前にあたしを診察した先生は……」

「ふしぎです。たしかめてみましょう」

医者は、女のいう病院へ電話をし、問い合わせてくれた。医者どうしなら、患者についての情報を交換できる。その結果、医者と看護婦の会話の「手当てのしようがない」というのは、べつな患者に関することだったとわかった。

「まあ、そうだったの……」

女の顔には、たちまちのうちにうれしさがひろがった。いっしょに病院を出て、男は女に言う。

「ひと安心というところですね」

「あたし、変に思いつめてしまっていた自分のそそっかしさが、はずかしくなりましたわ。はずかしいなんてものじゃない。あの時、列車に飛びこんでいたらと思うと、ぞっとしますわ。死神にみこまれていたのかもしれませんわね」

「しかし、もう大丈夫ですよ」

「これというのも、あなたのおかげですわ。無意味に命を捨てないですんだんですもの。あなたのためなら、なんでもいたします。命の恩人、このことは一生、忘れませんわ」

「それは大げさですよ。そこにいあわせただけのことですよ」

「あなたはそうお思いかもしれませんけど、あたしにとっては重大なことですわ。ぜひ、お名前を……」

このまま、だまって別れることのできない形勢。男は名刺を渡さないわけにはいかないのだった。


その前はなんだったかな。男は回想する。

そうだ、倉庫での出来事だった。会社の仕事で、倉庫会社へ出かけた時のことだった。ひとつの倉庫の前で、男は足をとめた。なぜだか気になる。男は、そばの倉庫会社の社員に言った。

「ちょっと、この戸をあけて下さい」

「だけど、ここには、あなたの社に関係した品など入っていませんよ。あけるには、それだけの手続きが……」

「いや、品物を持ち出したりはしない。さわりもしない。ちょっとのぞくだけでいいんだ。あなたはカギを持っている。かたいことを言わずに、それであけて下さいよ」

「困りましたね。しかし、なかを見るだけなら……」

戸はあけられた。なかから、疲れはてた若い女がふらふらと出てきた。まぶしげな表情で少し歩き、助かったと知ってほっとしたためか、くずれるように倒れて気を失った。倉庫会社の社員は男に言う。

「とじこめられていたんですね。そのことがあなたによくわかりましたね。わたしには、悲鳴も聞こえなかった。声を出す力も残ってなかったようだ。あなたは、なぜわかったのです」

「どう説明したものかな。第六感、いや、それとも少しちがう。形容できないな。そんなことより、早く手当てを……」

あとでわかったことだが、女が品物の点検のためになかに入っている時、そとから戸をしめられてしまった。こんな場合、内部に非常ベルがあるのだが、たまたま故障していて、助けが呼べない。のどのかわきと空腹のため、発見がもう少しおくれたら、そのまま死んでしまっただろう。

不安と恐怖のため、女はしばらく錯乱状態にあった。しかし、やがてそれも全快し、命の恩人の名をたずねた。倉庫会社の社員は、男の名とつとめ先とを教えた。

その前にも、さらにその以前にも、そんなたぐいのことがあった。男はほぼ月に一回の割で、若い女の危機を救ってきたのだった。

彼に助けられた女性たちは、男を会社にたずねてくる。なにしろ、命の恩人なのだ、高価なおみやげを持ってくるのもある。また、夕食への招待を申し出たりもする。感謝と尊敬にみちた熱っぽい視線。

もちろん、男は悪い気分ではない。しかし、同僚たちにとって、これはまことに奇異に見えるのだった。

「なぜ、あいつが、ああもてるんだ」

と、だれもがふしぎがる。男はぱっとしない外見。洗練されたところなど、まるでない。高級な会話の才能も持っていない。身だしなみがいいわけでもなく、とくに金まわりがいいわけでもない。それなのに、彼のところへ美女がつぎつぎにやってくるのだ。

「おい、ひとりぐらい紹介してくれよ」

「してもいいけど……」

男はそうするが、同僚たちのお気に召すような結果になるわけがない。なにしろ、女性たちにとって、彼は命の恩人なのだ。それと同じような態度を、ほかの男性たちにとれるわけがない。

時たま、男はふとこう思い、つぶやく。

「おれだって、ふしぎだよ。なぜこうもつごうよく、ことが運ぶのだろう。なにか特殊な幸運が、おれにとりついたのかもしれない。ほかに考えようがない」

かくのごとく、男は女性たちにもてた。いずれも若い美人ばかりだった。しかし、残念なことに、思う存分それを楽しむというわけにもいかないのだった。

男には妻があった。多美子という名だが、美しいところはまるでなかった。鼻が低く、まぶたがはれぼったく、くちびるが厚く、足が太く、どう見てもはるかに水準以下だった。しかし、こっちも高望みできる立場にはないのだと、身のほどを知っていた男は、多美子と結婚したのだった。

多美子には、なんのとりえもなかった。いや、ひとつだけ特徴があった。嫉妬《しっと》ぶかく、男から女のにおいをかぎとることについては、水準以上の才能の持主だった。

男が帰宅すると、多美子が言う。

「きょう、だれか女の人と会ったでしょう」

「いや、その……」

男はずばりと指摘され、どぎまぎする。

「あたしの目はごまかせないのよ」

「じつは、仕事の上でちょっとだけ……」

「うそおっしゃい……」

ごまかしようがないのだった。さんざん文句を言われるという結末になる。罰を受け、苦しむのだった。同僚たちからうらやましがられるほど、そとではもてる。しかし、帰宅すると、そのことで多美子にいじめられる。その差がはなはだしいだけに、一層みじめな形だった。

しばらくして、またも例のたぐいのことが発生した。山道で女を助けてから、一か月ほどたった時だ。

夜ふけの裏通り。刃物を持ったやつに、若い女がおどされている。通りがかった男は、それを見てしまった。事態は切迫しているようだ。ほっておくわけにもいかない。といって、警察へ電話をしているひまもない。

しかし、かけつけて助けようにも、刃物の持主が相手では、勝目がない。どうしたものだろう。あせりながらポケットに手を入れると、なにかがさわった。引っぱり出してみると、笛だった。乗り物ごっこの好きな近所の子にやろうと思って買った、おもちゃの笛。

男はそれを口に当てて、強く吹いた。ピリピリピリピリ……。

静かななかで、高らかにひびいた。女をおどしていた人物は、警官が来たのかと錯覚し、あたふたと逃げ出していった。女はほっとし、男にお礼を言う。

「おかげさまで助かりましたわ。一時はどうなることかと。いらっしゃるのがおそかったら、あたし、ぐさりとやられていたかも……」

「よかったですね」

「お礼の申しようもありませんわ」

「いえ、当然のことをしたまでです」

「とおっしゃると、あなたは刑事さんなんですの」

「ちがいますよ。たまたま、ポケットに笛があったというわけで……」

「まあ、そうでしたの。かかわりあいになるのがいやで、他人の危難を見て見ぬふりをする人が多い世の中ですのに、あなたはなんと勇気のあるかた……」

「いや、勇気なんかじゃありませんよ。笛があっただけのことです……」

「じゃあ、頭の回転がすばやいと申し上げるべきかしら。いずれにせよ、あたしは助けていただいた。これは事実ですわ。あなたは命の恩人、ぜひ、お名前を……」

またもだ。ことわりきれるものでないことを、男は知っている。名刺を渡して別れることになるのだった。

二、三日して、その女は男の家へやってきた。お礼にと高価な品を持って。
「いただいた名刺の会社へ問いあわせ、おたくの番地を知りました。先日は、本当にありがとうございました。こんな程度の品では、とうてい感謝の気持ちはあらわせませんけど、とりあえずごあいさつに……」

「わざわざいらっしゃることなど……」

「それでは、わたくしの気がすみません。そのうち、会社のほうへもおうかがいいたします。わたくしにできることでしたら、なんでもお望みのことをいたします。あなたは命の恩人なんですから……」

熱っぽい目で男をみつめ、そして、帰ってゆくのだった。

そのあとで、妻の多美子がおこる。

「あなた、どういうつもりなのよ。女が家にやってくるなんて……」

さっきの女の美人である点が、いっそう多美子のお気に召さなかった。男はしどろもどろで弁解する。

「どうもこうもない。運命のせいか、超能力のせいか、マスコットのせいか、おれにもわからないんだ。つまり、こうなったのも、偶然のことで……」

「偶然なんて言いわけが通用するんだったら、世の中、平穏か大混乱かどっちかよ。

信用できないわ。いまの女の人と、そとでいつも会っているんでしょう」

「ちがうよ。そとで会っているのは、べつな女だ」

「まあ、何人も女がいるっていうわけね。あなたがそんな人だったとは。結婚する前は、まじめな人のようだったけど、あれはごまかしだったわけね」

「そんなことはないよ」

男がいかに弁解しても、多美子の口調は激しくなる一方だった。もっとも、冷静に事情を説明できたとしても、多美子のみならず、だれも理解はしてくれないだろう。

「もう、がまんできないわ。あたし、ここから出て行くわ。二度と戻ってこないから」

多美子は全財産、つまり預金通帳を持って出ていってしまった。しかし、男はしいてとめようとしなかった。戻ってこないほうが、かえっていいのではなかろうか。

なにしろ、おれには幸運がとりついているのだ。超能力がめばえてきたというべきかもしれない。あるいは、なにかマスコットのたぐいのような神秘的な作用のおかげかもしれない。

あわやという時に出現し、美女を助けるということができるのだ。ふしぎなことだが、事実ずっとそうだった。

「さあ、これからが本当のおれの人生なのだ……」

うれしさがこみあげてきて、男は笑いを押えられなかった。これからは、気がねすることもない。美女たちの感謝と尊敬の視線にかこまれた日々がつづくのだ。おれのためならば、なんでもしてくれる女たち。気がむいたら、そのなかから、これはというのをえらび出し、結婚すればいい。それも、急ぐことは少しもないのだ。

期待のうちに月日がたった。しかし、一か月、二か月とすぎても、なぜか、いままでのような事件にはめぐりあわなかった。また、これまでひっきりなしに会社にたずねてきた美女たちも、やってこなくなった。

「どういうことなのだ、これは。恩知らずめ。こっちからたずねていって……」

そこまで考えて気がついたのだが、男は女性たちの住所や姓名を聞いていなかった。いつもむこうからやってくる。そんなものを知る必要がなかったのだ。

美女たちとの縁は、まったく切れてしまった。つまらない平凡な毎日となった。

一方、出ていった多美子と再婚した男があった。ぱっとしない、とりえのない平凡な男だった。そんな男ぐらいが、彼女とつりあうのだった。

しかし、その男はやがて、平凡でない偶然にめぐりあう。かけ足で踏切りを渡ろうとした時、不注意で女にぶつかり、女を突き倒す。その瞬間、電車が通りすぎてゆく。踏切りの係がうっかりし、遮断機をおろし忘れていたのだった。突き倒されていなかったら、その女はひき殺されていただろう。

「ああ、あぶなかった。あなたのおかげで、命びろいしましたわ。命の恩人ね。このことは決して忘れませんわ。あたしにできることでしたら、どんなお礼でもいたします。ぜひ、お名前を……」

「いや、名前など……」

そう答えながらも、まんざらでもない気分。こんな美女に感謝されることになるとは。幸運とやらがおれにもまわってきたようだ。それとも超能力だろうか、あるいはなにかマスコットのたぐいか……。

美女を助けて感謝されるという幸運のマスコットは、多美子。それがセットになっているなど、気づくわけがない。

重なった情景

夢というものは、見るのが当然なのだそうだ。それが正常。夢も見ないでぐっすり眠ったという人も、めざめた時に忘れているだけで、やはり見ているのだという。もっとも、眠れればのことだが……。

その青年は、その夜、なぜか寝つきが悪かった。ベッドの上で何度も寝がえりをくりかえすが、いっこうに眠くならない。なぜだろう。あれこれ考えてみるが、これといって原因が思い当らない。彼は独身の、平凡な会社員だった。健康も、まあまあ。

なにか会社で失敗をやっただろうか。きょう一日をふりかえってみたが、べつになかった。眠れないのにまかせて、ここ一週間を反省してみたが、文書に誤字を書き、それを注意されたぐらいだけだった。

自分はなにか不快な心境にあるのだろうか。しかし、それもなかった。新聞にはいろいろな事件がのっている。これは許せない、さあ腹を立てろという調子の文章だが、それは毎度のことで、なれっこになっている。また事実、このところさして刺激的な事件はなかった。不快さはない。

健康上で気になることもない。老後の設計の心配など、まだ先の先の話だ。独身であることの欲求不満か。そうでもなかった。青年はバーの女性たちと、適当に交際していた。

なにもなしだ。となると、気候のせいかもしれなかった。夕方ごろから、急に暑くなりはじめた。といって、冷房を入れるほどでもない。中途はんぱな暑苦しさ。彼は毛布をかけたり、はずしたりした。

むりに眠ろうとするからいけないんだ。そう考えてもみた。あす、特に重要な仕事があるわけでもない。たまには遅刻したって、どうということもない。それでいいんだ……。

気は楽になったが、眠くならない点は、さっきと変りなかった。青年はベッドからおり、ウイスキーを水で割って飲んでみた。酔ってくる。ねそべったまま、雑誌を読む。そのうち酔いがさめてしまった。

「ああ、あ……」

むりにあくびをしてみる。しかし、ねむけを呼び寄せる役には立たなかった。なんだかんだで、やがて夜があけてしまう。しかし、睡眠不足の疲労感という気分はなかった。

「変な気分だが、出勤するか……」

欠勤する理由はなにもなかった。青年は朝食をとり、ひげをそり、出社した。仕事をしながら、となりの同僚に言う。

「きのうは眠れなくてね」

「きみもか。じつは、ぼくもだ」

「すると、やはり気候のせいのようだな」

青年はほっとした。仲間がいたとなると、気が落ちつく。どうやら、ほかにも不眠だった人が何人もいるようだった。それでいて、勤務中にいねむりをする者もなかった。青年もまた同様だった。どういうわけか、いっこうに眠くない。

帰途、バーへ寄り、昨夜の不眠を話題にしながら酒をいくらか飲み、青年は帰宅した。きのうはまるで眠っていない。きっと今夜は、ぐっすり眠れるだろう。彼はそう高級でないアパートの一室に帰りつく。着がえて、ベッドに入る。

しかし、またも昨夜と同様だった。眠りの精に見はなされたかのように、あくびすら出ない。いったい、これはどういうことなのだろう。考えてもわからなかった。そんなことを考えるからいけないんだ。そこで、考えるのをやめてみる。目をつぶって、ぼんやりとしている。しかし、やはり眠くならないのだった。

目をつぶっているのが、無意味に思えてくる。なにげなく目をあけてみると……。

ひとりの若い女が、そばに立っていた。それがだれかは、すぐにわかった。彼のよく行くバーの、ちょっとした美人。時どきくどいてみるが、いい反応はなく、そのため青年はかえって気をひかれていた。

「なんだ、きみか。来てくれたのか……」

思わず声をあげ、青年は自分の目を疑った。信じられない。まさかという思い。しかし、自分の日ごろの慕情が相手に伝わり、こうなったのだろうと、なっとくした。うぬぼれは男性に特有の現象。

しかし、女はなにも答えない。答えなくったっていいさ。ここに、こうして来てくれたことが、なによりの答えだ。青年は女の手をにぎり、引き寄せようとした。

それがうまく行かなかった。青年はベッドからおり、だきしめようとした。これなら、やりそこなうことなどない。

しかし、やはりだめだった。まるで手ごたえがない。空気をつかまえようとするのと同じだった。

「こりゃあ、どういうことなんだ。不眠つづきによる幻覚なのかな。それにしても、いやにはっきりしている」

眺めなおしたが、たしかに鮮明だった。うすぐらい場所にぼんやり出現する幽霊とちがって、細部まではっきりしている。むこう側がすけて見えるなどということもない。手を伸ばすと、なんの抵抗もなく突きささり、入った部分は見えなくなってしまう。

その幻の女は、意味ありげに声を出さず笑っていた。青年は腕組みし、あらためて眺める。見ているうちに、幻ということを忘れ、だきつきたくなる。そして、飛びつき、実在でないことを知るのだった。

「気体でできた、色つきの精巧な人形といった感じだな。いらいらさせられ、むなしくなる。しかし、面白いところもある」

何回か飛びついたあと、青年はつぶやいた。どうやら今夜も眠れそうにない。いいおもちゃができたというものだ。ひまつぶしに悪くない。

その時、となりの部屋から、女の悲鳴がした。緊迫した恐怖がこもっている。

「助けて。出てってよ……」

とも叫んでいる。隣室の住人は、女子大生。勉強好きで、そう美人ではない。青年の関心外の存在だった。しかし、ただならぬ叫びとなると、ほってもおけない。青年は廊下へ出て、隣室へ飛びこんだ。

「どうしました」

と聞きながら見まわすと、六十歳ぐらいの男がいた。しかし、どう見ても凶悪そうな点はない。ぶっそうなものも持っていない。いやらしい侵入者という感じもない。

「そ、そこに……」

女子大生は男を指さし、青ざめ、ふるえている。

「この、見知らぬ男が、勝手に入ってきたというのですか」

「知らない人というわけじゃないんですけど……」

「すると、だれなんです」

「あたしの父よ」

「ばかばかしい。父親に訪問されて悲鳴をあげるなんて、ひとさわがせだ。親子の断絶というわけですか。しかし、それにしても大げさな」

「断絶なんてこと、ありません。いい父なんです。でも、でも……」

「思わせぶりだな。早く説明して下さい」

「あたしの父は、二年前に、病気で死んでしまったのです」

「なんですって。そうでしたか。なるほど、そうなるとこれは異常ですな……」

青年はまたも腕組みし、もっともらしい表情をした。ここにも鮮明な幻が出現したというわけか。しかし、内心はさほど驚いていなかった。ふりむくと、幻の女がくっついてきていた。それを指さして言う。

「誤解しないで下さい。ぼくが連れ込んだのではありません。勝手に出現したのです。ここにおいでの、あなたのおとうさんと、同じたぐいのようですよ」

指をさらに伸ばし、幻の女の姿のなかにそれを埋没させ、虚像であることを示してみせた。女子大生は、ふしぎがりながらも少し安心した。

「あたしのとこだけじゃ、なかったのね。だけど、どういう現象なのかしら、これ」

「それは、ぼくだって知りたい点です」

あけたままになっているドアのそとの廊下を、人間の大きさほどの怪獣が歩いていった。見えたような気がしただけかもしれない。しかし、こうなってくると、いちいち驚いてはいられない。女子大生は、反射的にテレビのスイッチを入れていた。現代人の習慣。しかし、チャンネルをひと回ししてみたが、なんの映像も出なかった。深夜のせいだろう。

「ぼくの部屋に、ラジオがあります。それを聞きに来ますか」

「ええ……」

女子大生がついてきた。すなわち、青年のほかに、女子大生、その亡父、幻のバーの女の四人が集まったことになる。ラジオからは声が出た。若い男が早口にしゃべっている。

〈……しばらく放送が中断し、ご迷惑をかけてしまいました。局のなかで、なにか混乱がおこり、電波がとぎれたのです。なにか変なやつがあらわれたとかで……〉

青年はうなずく。声はつづいた。

〈……あなた、だれ。さむらい姿をした人。由比正雪《ゆいしょうせつ》スタイルなんかで。困りますよ。ここへ入ってきちゃあ。仕方ない。いてもいいけど、静かにしてて下さいよ……〉

青年は女子大生に話しかける。

「各所に出現しているようですね」

「ここだけじゃない。安心したものか、大事件というべきか、あたしにはわかんなくなっちゃったわ」

ラジオの声はしゃべっている。

〈……とにかく、番組をつづけましょう。さて、例によって、電話による身上相談の受付けです。お申し込みのなかからえらび、ハガキでここの番号をお知らせしてありますね。そのかたは、順番にどうぞ……〉

ラジオのなかで電話がなり、女の子の声がした。

〈あたし、本当はね、にきびの治療法を質問するつもりだったんですけど、べつなことにします。変なことがおこったの。あたし、中学三年生。高校入試のため勉強してたんですが、さっき気がつくと、そばにいるんです。だれだと思いますか。その高校の制服を着た、あたし自身なんです……〉

それにはアナウンサーも弱っていた。

〈勉強のしすぎで、頭が疲れたのじゃないでしょうか。ドッペルゲンガーとかいって、自分の幻影を見る例はあるようですが、あなたの場合、合格したいとの願望が強すぎるかして……〉

適当にごまかす以外になかった。しかし、つぎの質問者も同様だった。

〈ぼくは高校生です。予定した質問を変えさせていただきます。歌手の、みどり礼子って、いるでしょう。ぼく大好きなんです。それがですよ。さっき、不意にやってきたんです。なぜでしょう。どうしましょう〉

アナウンサーも、しだいにことの重大さに気づいた。

〈理由はともかく、けっこうなことじゃありませんか。好きなようになさったら。しかし、どうやら、これはただごとでない。異変が発生しはじめたようです。電話の相談は、中止です。心理学の専門家に、電話をしてみましょう。まったく、わけがわか

らない……〉

呼出し音となり、やがて相手が出た。アナウンサーが聞く。

〈先生でいらっしゃいますね。こちらはラジオの深夜番組です。おやすみのところを、申しわけありませんが……〉

〈やすめればいいんだが、なぜか、ずっと眠れないんだ。しかし、いま来客中でね、変な来客が……〉

〈どなたがいらっしゃるのですか〉

〈ヒットラーなんだ〉

〈先生、しっかりなさって下さい。ヒットラーが訪問してくるわけなんか、ないじゃありませんか。心理学の分野がご専門なんでしょう〉

〈そうだ。とくに独裁者の心理を専攻している。そこへの出現。どう見てもヒットラーだ。こんないいチャンスはない。そう思って質問しているのだが、ちっとも答えてくれない。残念でならん。しかし、言われてみると、ヒットラーが来るわけなどないな。といって、自己診断しても、狂っているような気分はない。ふしぎなことだ〉

〈先生のところだけではないんですよ。各所に、いろいろなのが出現している。鮮明な幻影といったものです。わたしのそばには、由比正雪がいるんです。最初は、だれ

かがふざけて入ってきたのかと思った。あっちへ行ってろと、メモ用紙を丸めてぶつけたら、からだを突き抜けた……〉

アナウンサーに言われ、心理学者もそれをやってみたらしかった。

〈なるほど、たしかに幻影だ。こんなのがほうぼうに出ているというわけか。少し気が楽になったよ〉

〈安心もいいけど、この現象の解説をお聞かせ下さい。みな知りたがっています〉

〈そう急に言われても困るが、あるいは、立体テレビの試験放送がなされているのかもしれない。たしかに立体的な映像だ〉

〈そんなことはないでしょう。第一、受信機がないのに。現在のエレクトロニクスの段階では、試験放送なんか、とても……〉

〈となると、宇宙人が円盤から……〉

心理学者は、専門以外のことに関する無知をさらけだした。脱線しかけるのを、アナウンサーのほうがなんとか引きとめ、会話はしだいに軌道に乗ってきた。学者は言う。

〈……きのうの夜から、多くの人がずっと眠れなくなっている。それに関連があるようだ。現代の不安が高まったせいか、平穏がつづきすぎたせいか、不眠の原因については、調査の上でないとなんともいえない。しかし、眠れないでいるのは現実だ。それにもとづいての仮定だが、ここのヒットラー、そちらの由比正雪、これらはすべて夢だ〉

〈夢ですって。目ざめているのに、なぜ夢があらわれるのです〉

〈夢は人間の生存に必要なものなのだ。毎晩、だれもが見ている。夢を見なかったと言う人も、目ざめた時に忘れているだけのことで、かならず見ている。つまり、正常な人にとって、夢は見なければならぬものなのだ〉

〈その学説は、なにかで読みました〉

〈見たい見たくないにかかわらず、夢は必需品。われわれは夢を見なくてはならないのだ。そのため、夢のほうから出現してきた〉

〈しかし、この夢は第三者にも見えるらしいのですが、それはなぜでしょう〉

〈不眠のあげくという前例がないので、断定はできませんがね。本来なら夢は、頭の内部で見るものだ。しかし、眠っていないので、それが不可能。形容すれば、レンズのような作用でというべきでしょう。体外に投影された形となってしまった。現実に第三者に見えているとすれば、そうとしか考えられん。解説とは、そういうものなのだ〉

〈なんとなく、わかったような……〉

〈どなたか、ほかの人にも聞いてみて下さい。あ、来客があった。本物だ。新聞記者の名刺を出した。意見を聞きに来たらしい。深刻そうな顔をしているぞ。や、すごい夢を連れてきたぞ。ビキニスタイルのグラマー美女だ。うらやましい。わたしのヒットラーより、ずっといいぞ。そういうわけで……〉

〈あ、もうひとつの質問。この変な現象は、いつ終るのでしょう〉

〈さっきの私の解説が正しければ、不眠の流行がおさまれば、夢はまた睡眠中の世界に戻り、外部からは消えるでしょう〉

〈いろいろと貴重なご意見、ありがとうございました……〉

心理学者との電話アンケートは終った。アナウンサーはほかの学者にも電話で質問したが、いずれもこんな仮説におちつくのだった。

青年は女子大生に言う。

「なんとなく、わかったような気分にさせられたな。電波媒体と解説の力は、偉大なものですね。まだ、こわい気分ですか」

「夢とわかれば、安心ですね。父の姿を眺め、なつかしい気分にひたることにしますわ。あなたは、そのかたとなにをなさるの」

「なにもできませんよ。どうしようもない。やはり見てるだけです。しかし、もし今夜も眠れないとすると、朝の通勤はすごい光景になるだろうな」

「あら、あしたは休日でしょう」

「そうだった。夢の出現さわぎで、すっかり忘れていた。すると、テレビの前で一日をすごすことになりそうですな」

「じゃあ、あたし自分の部屋に帰るわ」

と言う女子大生を、青年は引きとめなかった。亡父の幻影をともなった女性では、からかってもつまらない。

「おやすみなさい」

「眠れればね……」

ひとりになり、青年はベッドの上に横になった。しかし、やはりいっこうに眠くならない。目をとじても、夢のことが気になる。で、目をあけると、そこに夢の女がいる。つい眺めてしまう。飛びついてもみたくなる。

夢の出現のために、ますます眠れなくなってしまうのだった。だれでもそうだろう。テレビの朝のニュースはみものだった。どこの局も、まっさきにこれをとりあげた。

〈昨夜から、夢が出現するという、奇妙な現象が発生しています。それについての学者の説明は……〉

各種の説が紹介されたが、夢の出現はみとめざるをえず、ラジオで話した学者の解説と大同小異だった。くれぐれも交通事故に気をつけましょうと、アナウンサーは深刻そうに言った。事実、深刻な立場にあったのだ。そばには、大きなヘビがとぐろを巻いていて、時どき首をもたげた。

個人的なことをしゃべるのは職務上ゆるされないのだが、アナウンサーはふれないわけにいかなかった。

〈このヘビを気になさらないで下さい。これは、わたしの夢なのですから。ヘビがきらいで、時たまヘビにおそわれる悪夢を見るのです。どうやら、それが出現してしまったようです〉

テレビの画面を見て、青年はうなずく。自分のそばに悪夢が出現しないでくれて、本当にありがたかったと。悪夢に出られたら、ねむけなど遠ざかる一方だろう。

ほかの局にチャンネルを回すと、子供むけのショーをやっていた。なまの番組と、すぐわかった。それぞれ夢をひきつれている。

ぬいぐるみのクマ、フランス人形など、子供らしい、たわいない夢が多かった。なかには口を大きく開いたオオカミもいた。それは悪夢なのかもしれなかったが、その持主の子供は、あまりこわがっていない。子供は事態にすぐ順応してしまうのだろうか。あるいは、無害と知って、なれてしまったのか。

　ロボットもいたし、怪獣もいたし、マントをひるがえした正義の味方もいた。空想好きな子供なのか、頭から触角の出た、大きな目をした緑色のやつを連れているのもあった。たぶん宇宙人なのだろう。

　どれも、ほどよい大きさだった。夢の大きさとは、そういうものらしい。

　時どき、画面にちらちらと、海水着姿の悩ましげな美女がうつる。場ちがいな印象だが、カメラを操作している若者の夢が入ってしまうためだろう。

　べつな局では、討論会をやっていた。特別番組、この事態にいかに対処すべきか論じあっていた。司会者がしゃべっている。

〈まず、最も重要な点はなんでしょう〉

　その司会者のそばには、モナリザがいて、なぞの微笑をうかべていた。美術愛好家なのだろう。

〈この現実を直視しなければいけません。一に共存、二に共存です。夢との共存になれて、日常生活をスムースにすることが第一でしょう〉

その発言者のそばには、料理の山があった。幼時に空腹を体験した人なのか、食道楽の人なのか、料理が夢なのだった。

〈そもそも、政府がいけないのだ。政治の貧困、公害の拡大、物価の上昇、それらがこれを発生させた。ただちに手を打つべきだ〉

この発言者のそばには、大きな金庫があった。大臣らしいのが応じていた。

〈政府を攻撃されても困ります。事態を検討し、善処するつもりでおりますが、さし当っては事故の防止に力をそそぎたい。なにかいい案があったら、お教えいただきたい。あなたの、その金庫のなかに、名案が入っているのではありませんか。それとも、なかは大金ですか〉

〈わたしの夢を、とやかく言わないで下さい。あけようにも、あけられないのですから。夢はプライバシーの問題だ。だいたい、あなたのそばの、白い煙みたいなのはなんだ。ごまかしつづけの政治家だから、雲のような夢になるんだ〉

〈いや、これはワタです。うまれた家が、ワタの問屋だった。その倉庫で遊んだ、幼時の思い出が夢となって出ているのです〉

司会者がそれを制した。

〈まあまあ、そういう議論は、いずれのちほどに。べつな発言をうかがいましょう〉

中年の女性が、それに応じた。彼女のそばには、仏さまがくっついていた。信心ぶかい人なのだろう。

〈夢は当人の自由だといっても、困ったことですわ。若い男のそばには、はだもあらわな女性がくっついている。少年の教育上、よくありません〉

〈しかし、やがてなれるのでは……〉

〈そうかもしれませんが、やはり感心しません。それより重要なことは、存在とはなにかの問題です。これからは、目に見えるもの、かならずしも実在とはいえなくなる。さわれなくてはならない。となると、太陽や星はどうなります。その実在を、どう教えたらいいかという……〉

科学者が言った。

〈いずれ、この異変も終りましょう。そうなれば、すべてもとに戻るわけです。それまでの一時的なものと考えれば……〉

そのそばには、アインシュタインがいた。悪くない夢だが、そっちのほうが目立ってしまい、当人はなんとなくたよりない。

どのテレビ局も大差なかった。結局、早く事態になれよ、事故に注意でしめくくる。そんなことで一日がすぎた。夜はやはり眠れなかった。

つぎの日の出勤はすごかった。ラッシュアワーは、みなが夢をともなっているので、倍の密度となる。手ごたえがないのだから、容積としては同じだが、そのバラエティの点で、まさに壮観だった。

腰に刀を一本ぶちこんだ、渡世人スタイルの夢を連れているやつがある。鮮明だから、へたに近づくと、ぐさりとやられそうな気分にもなる。電車内で押され、ぶつかってみて、やっと他人の夢と知って安心するわけだ。

有名な歌手、みどり礼子が、あっちにもこっちにもいた。いまや文字どおり、彼女は身近な存在だった。

ガイコツを連れている者もあった。

「わたしは医学者です。すみません。人骨の研究をしているのです。安心して下さい。これは昔から夢に見つづけの、北京原人《ペキンげんじん》の全身です。シナントロプス・ペキネンシス。すばらしいでしょう」

と、しきりに弁解し、説明していた。

両手のあるミロのビーナスを連れているのもある。新しい画風なのか、目や鼻が変なところにくっついた人物の立体的になったのは、眺めていて気持ちが悪い。

聖徳太子もいるし、福の神もいた。もっと現実的に、札束の山を夢として連れているのもあった。乗客たちは、思わず手をのばし、つかめないとわかって、顔を赤くする。

はだかの女もいるし、フランケンシュタインの怪物もいる。ナポレオンもいるし、自由の女神もいるし、大きなウサギもいる。

この上ない壮観だった。いかに大金をかけても、こんな特撮映画は作れないだろう。それがいま無料で見物できるのだ。

「すりだ……」

だれかが叫んだ。すりにとって絶好のかせぎ場にちがいない。みなはそばの警官のほうを見る。しかし、その警官は夢で、つぎの駅でおりてしまった。どうやら、警官の夢の持主が、すりだったらしい。発覚を気にしつづけ、警官の夢を見るようになったのだろう。

こんなありさまだから、肉体的より精神的な疲労のほうがひどい。会社についた青年は、ぐったり。しかし、そのくせ眠くならないのだった。

会社内もまた雑然。過去から現在までの人物のロウ人形館ともいえる。動物園ともいえた。受付けの女の子は、パンダの夢をそばにおいていた。彼女は来客を見て、とまどっていた。親会社の社長が、秘書を連れてやってきたからだ。しかし、秘書が社長の夢を連れてきたのかもしれないのだ。

金のなる木をも含めた植物園でもあり、美術館でもあり、古道具屋でもあった。重役の椅子だの、ハシゴだの、電話機だの、機関銃だの、千両箱だの、なにからなにまで、そのへんにある。人びとの夢は、さまざまだ。

「とても仕事にならんな」

青年が同僚に言った。

「まったくだ。何百種もの映画フィルムを、不統一につぎあわせ、見させられているようなものだからな。神経が疲れるよ。当分は見物だな。それにしても、これだけ疲れながら、なぜ眠くならないのだろう」

そのうち、だれかが言った。

「おい、見ろよ。眠ってるやつがいる」

みな、うらやましそうに見た。床の上でひとりの美男が眠っている。しかし、顔をのぞくと、有名なタレント。女性社員の夢の人物だった。

「本人が眠れず、夢のなかの人物が眠るとは……」

それがきっかけとなり、夢たちはつぎつぎに眠りはじめた。パンダも、福の神も、吸血鬼も、眠れる森の美女も、重役の椅子も、ギターも、殿さまも、なにもかも眠りについた。

あたりの光景が、いくらかおだやかになる。しかし、だれも仕事をする気にならない。眠っている夢たちを見ていると、ふしぎな気分となる。いったい、この奇妙な現象は、いつまでつづくのか。ずっとつづいたら、どうなるのだ。いっこうに眠くならないが、このあいだからの精神的、肉体的な疲れは、かなりのものだ。このままだと、気が狂うかもしれない。なんとかしてくれ、どうにでもなれ、そんな気分もある。それに、形容しがたい不安感。

そのなかで、時間はゆっくりたっていった。

だれかが、床の上の美男タレントを指さして叫んだ。

「おい、やつが起きるぞ」

床からおきあがり、目を開き、のびをし、軽い声を出した。夢がはじめて声を出した。すがすがしそうな顔つきだった。みな、うらやましそうに、それをながめる。ふと、その持主の女性社員に目を移す。いっせいに悲鳴があがった。

「あ、消えてゆく……」

彼女の姿は、しだいに薄れて消えた。夢の人物は、机の上のタバコを口にし、うまそうに吸った。

「なぜ、彼女は消えたのだ」

「目がさめれば、夢は忘れ去られてしまうとかいう話だった」

「しかし、われわれが本物だ」

「こうなってくると、なんともいえないぞ。あれを見たか。声を出すばかりか、タバコを吸っている。そんなことのできるわけがない。やめさせよう」

だれかが、その美男タレントにむかっていった。しかし、それもむなしかった。タレントの手は、こちらのからだのなかに突きささる。相手はなにも手ごたえを感じないらしく、平然としている。

「まさか。こっちが夢になった……」

「なぜだ……」

「答えられるものか。つまり、こうなったというだけのことだ」

「すると、この夢のやつらが目をさますにつれ、われわれが消えて……」

そこまで言った時、当人の夢が目ざめ、当人はたちまち薄れていった。

「もうすぐ、ぼくも消えるわけか。しかし、残念だな。この夢の連中ばかりの社会を見物できないというのは。きっと面白いにちがいない。それにしても、われわれ、また会えるのだろうか」

薄れながら、青年が言った。同僚もまた、薄れながら答えた。

「やつらが、われわれの夢を見てくれればいいんだろうが、はたしてどうだろうか。あまり期待は……」

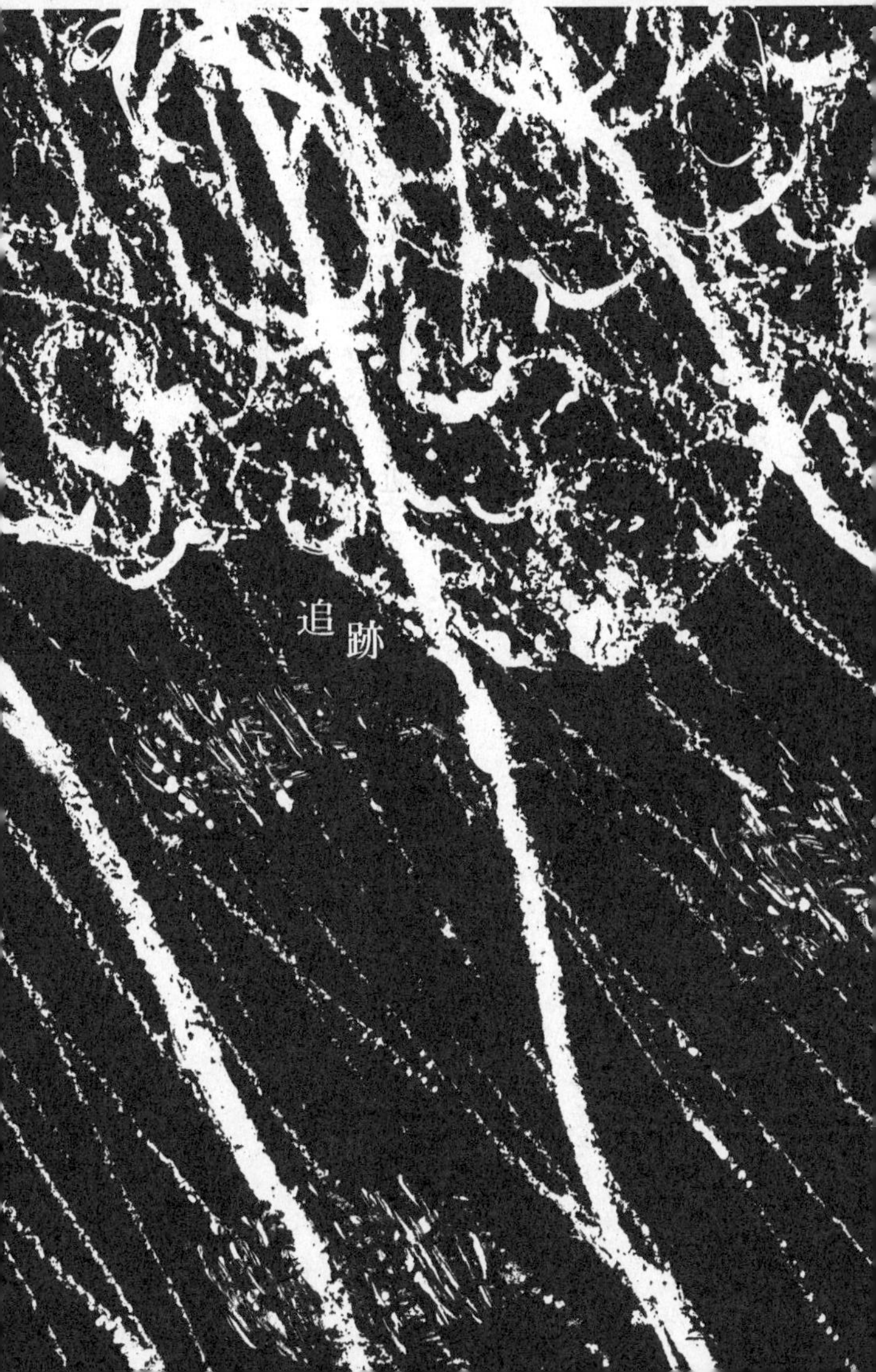

追跡

「隊長。このまま地球へまっすぐに帰りますか」

飛行中の宇宙船のなかで、探検隊員のひとりが言った。隊長は答えた。

「いや。このあたりに、もうひとつ惑星があったはずだ。そこへ寄って調査をし、それから帰還ということにしよう」

やがて、その惑星に接近する。どこがどうと、はっきり指摘はできないが、なにか陰気な星だった。かつては繁栄したが、死滅にむかいつつあるといった星のようだった。

「どうも印象がよくありません。着陸をやめましょうか」

「いやいや、せっかく来たのだ。古い城のようなのが見える。好奇心をそそられる。ちょっとおりてみよう」

隊長の命令で、宇宙船は平原に着陸した。操縦士は船内に残り、隊長と部下たちはそとへ出た。古い城がむこうに見える。

地上から見ると、かなり大きかった。城壁にかこまれ、いくつもの塔を持ち、黒っぽい色をして古びていた。

「おおい……」

隊員のひとりは、スピーカーで呼びかけた。なんの返事もない。弱々しい太陽の光のもとで、城は静まりかえり、動くものひとつなかった。そのため、えたいのしれぬぶきみさがあった。

「気が進みませんな」

「元気を出せ。さあ、近づいてみよう」

隊長は命じ、みなは進みかけた。

その時、城のどこからか小型のミサイルが発射され、隊員たちの前方で爆発した。予想もしなかった事態。

「いかん。宇宙船へ戻ろう」

みなはかけ足で後退した。応戦しようにも、探検隊だから、たいした武器は持っていない。それに、こっちは侵入者なのだ。交戦はなるべく避けたほうがいい。

またしてもミサイルが発射され、みなの近くで爆発した。隊員たちは逃げながら、ぞっとしたものを感じた。あの暗い城のなかに、そとをうかがっているやつがいるのだと思うと……。

交渉に入ることができれば、こっちに敵意のないことをわかってもらえるかもしれない。しかし、そのきっかけはえられそうになかった。また、あのミサイルの発射は、まさに問答無用といったところだった。つめたい拒絶を示している。

逃げる隊員たちの、うしろ、右や左などで、ミサイルがつぎつぎに爆発した。もし宇宙船に命中したら、地球へ帰ることができなくなり、ここで野たれ死にをしなければならない。あたりに食用になりそうな植物はない。城の連中がてあつくもてなしてくれるとは思えない。

みな息をきらせて、宇宙船へかけこんだ。操縦士はただちに離陸にかかった。あたりにミサイルの爆発するなかを、なんとか脱出できた。大気圏外に出ても、隊員たちはまだ青ざめたままだったが、やっと息をつけた。

「ああ、あぶなかった。一時は、もうだめかと思った。不意うちで発射してきたのだからな。なんというやつらだ。われわれは、ただの平和的な探検隊だというのに」

「悪質な侵入者と誤解されたのかもしれないな。しかし、全員無事で運がよかった。やつらのねらいが少し狂っていたおかげだ。そうでなかったら、みなやられていただろう」

しだいに気分が落ち着いてくる。

「よく助かったものだ。ふしぎなくらいです。もしかすると、ねらいが狂ったのでなく、わざとはずしていたのかもしれない」

「どういう意味だ」

「追い返すのが目的だったとも考えられます。われわれを殺すつもりはなく……」

「そうかね。あの陰気な星のやつらが、そんな親切心を持っているとは思えないがね。追い返したら、武器をととのえて再び来襲することもあると考えないだろうか」

だれかが後方の窓をのぞいた。遠ざかりつつある星を見て、悪夢からぬけ出せたことをたしかめたかったのだろう。しかし、彼はたちまち声をあげた。

「あ、なにかがあとを追ってくる……」

隊長は望遠鏡をのぞいた。灰色をした金属製らしい球形のものが、宇宙船のあとからついてくる。あの惑星に着陸する前に、あんなものはなかった。だから、いまの星から発射され、あとを追ってきたのだと推定できた。

「正体は不明だ。危険物のようでもある。そう思って注意したほうがよさそうだ」

また船内に不安が戻ってきた。

「すると、さっきの星のやつら、目のとどかないところへわれわれを追いやり、そこで殺そうというつもりだったのか。なにが親切だ。目の前で血を見るのはいやだが、殺すのは好きだ。そういう考え方の持主だったのか。どうしましょう」

「船内に隕石《いんせき》破壊用のミサイルがあったはずだ。引きつけて、それを発射しろ」

引きつけようと速度を落したら、その物体も速度を落した。ミサイルを発射してみる。正確に命中するはずだったが、その手前で進路を狂わせられた。何度やっても同じ。ミサイルを防ぐ装置がついているらしい。手ごわいもののように思えてきた。

「速度をあげて、あれを引きはなそう」

宇宙船はしだいに速度をあげ、また方向を変えてみた。しかし、物体は一定の距離をたもって、あとにくっついてくる。

「送りオオカミのようだな」

「なんのことです、それは」

「オオカミが旅人を襲う時に、こんなことをやる。近よることなく、どこまでもどこまでも、あとをつけてくる。人は疲れてきて、いつかは眠らなければならない。眠れば武器も役立たない。かならずやられてしまう」

「いやな作戦ですね。追いかけるのをあきらめてくれればいいが……」

後方を見ると、物体は依然としてあとをつけてくる。どんなしかけになっているのか不明だが、ふり切ることは不可能のようだ。

「ミサイルもきかず、ふりはなすこともできない、いやなものをしょいこんでしまったな。どこまでついてくるつもりだろう」

「もしかしたら……」

ひとりがふるえ声で言った。

「なにを思いついた」

「地球までついてくるつもりかもしれない。そして、そこで爆発する。あれが高性能の核爆弾だったら、地球上は全滅です」

「そうとしたら、ことだ」

その重大さに、だれもが気づいた。あの星でのことを思い出してみる。宇宙船をやっつけるつもりなら、容易にできたはずだ。それなのにやらず、帰還を許した。そして、そのあとをつける。少人数を殺すのではあきたらず、帰りついた星そのものを全滅させようというつもりのようだ。なんという恐ろしい計画。

「となると、地球を救うには、われわれが犠牲にならなければならないわけか。いずれにしろ、われわれは助からない」

「あれが危険なものであったらね」

「安全なプレゼントである可能性はないかな。さっきの星のやつら、なにかの原因で、からだがみにくくなり、滅亡しかけている。姿をあらわすことなく、文化遺産を渡したがっていた。そのために、このような手のこんだことをした。心配させておいて、あとで喜ばせる。そんなことだといいのだが……」

「まあ、ありえない話だろうな」

「その仮定を考えついたわたしだって、そうとは信じられませんものね。あの陰気な城の住人が、そんなしゃれたことをやるとは……」

消えてくれればいいと思ってふりむくが、それはいつも後方にいる。つかずはなれず、ぶきみにあとをつけてくる。

「隊長、なんとかしてください。このままでは頭がおかしくなってしまいます」

「よし、危険かもしれぬが、ひとつやってみよう。どこか無人の惑星に着陸するのだ。すぐ離陸できる態勢でだ。あれが落下しはじめたら、われわれはすぐ飛び立つ。あの物体の正体がわかるだろう」

乗員たちは助かる可能性が多いし、地球に危害が及ぶこともない。やってみる価値はあった。氷結した惑星をみつけて着陸する。緊張しながら変化を待った。しかし、問題の物体は、はるか上空に静止したまま。レーダー係が監視をつづけているが、動くけはいはなかった。

宇宙船はそこを出発した。すると、待っていたかのように、物体はまたあとを追いはじめる。

「だめでしたね。だまされませんよと言わんばかりだ。まるで、だれかが乗り込んでいるかのようだ」

「しかし、爆弾なら、人は乗っていないはずだ。なにか生存可能な星かどうかを識別する装置をつんでいるのだろうか」

「あれが爆弾なんかでなく、われわれの反応を調べるだけのものだったらなあ」

と、だれかがため息をついた。

「調べてどうするのだ。われわれはあれを、ミサイルをぶっぱなしたり、危険物あつかいしてしまった。もはや好意的になってはくれないだろう。また地球までついてきて、あわれな状態だったら、みのがしてくれるかもしれない。しかし、景気がよさそうだとわかったら、どうなる。あの陰気な星のやつらの考えることだ。いい結果になるとは思えない。どかんとなるのだろうな」

隊長は地球へ無電連絡をした。

〈妙な物体につきまとわれ、どうにも手におえません。どうしましょう〉

〈よし、武器をつんだ宇宙船を応援にやる。それまでがんばってくれ〉

地球の本部は、簡単に片がつくと思っていたようだ。応援の宇宙船が到着し、各種の武器がこころみられた。強力なミサイルが発射され、磁力をおびた浮遊爆弾が使われ、レーザー光線が集中された。いずれかが効果をあげるはずだった。しかし、だめだった。ミサイルはそれ、磁力爆弾は遠くで爆発し、レーザー光線はきかなかった。高度な防御装置をそなえているらしい。だれもががっかりした。

しかし、応援に来た宇宙船は、ある役に立った。隊員たちはそれに乗り移り、いままで乗っていた宇宙船を、自動操縦で発進させてみた。物体はそのあとをついて行く。

「みろ、うまくいったぞ」

「これで、われわれも地球も助かった。ばんざい」

歓声があがる。すべての不安は思い出話に変り、地球へと帰りつくことができた。危機は去ったのだ。

……と思えたのだが、そうではなかった。地球のレーダーが、なにかをとらえた。

「正体不明の物体が、宇宙空間を地球に近づいています」

関係者の頭をかすめたいやな予感は、たちまち現実のものとなった。あの物体だったのだ。

「むこうも、それほど甘くなかった」

「地球と無電で交信したのがいけなかったのかもしれない。あるいは、無人の宇宙船のあとをつけるふりをして、こっちを油断させ、戻ってきたのかもしれない。もっと慎重にやるべきだった。ついに地球をつきとめられてしまった」

「どうなるのだろう」

「わかるものか」

例の物体は、地球の上空に静止している。宇宙船が飛び立ち攻撃したが、もちろん無効だった。また、その宇宙船のあとを追って動いてもくれなかった。おまえらの星はここだとわかったぞ、と言わんばかりに。

隊員たちの報告をどう検討しても、あれが好意的なものとは思えなかった。プレゼントのたぐいなら、そうであることを示してくれていいはずなのに、ずっと上空にとどまっている。希望的な仮説は、うすれていった。

不安はたちまち地球上にひろがった。爆弾だか毒ガスだか、あるいはさらに危険なものが、いまにも落下しようとしている。

だれもが覚悟をきめた。しかし、なかなか落ちてこない。いらいらしてくる。時どき、あれはぶっそうなものじゃないのだと、むりに思おうとする。しかし、安全という根拠はなにもなく、それは依然として上にあるのだ。

ダモクレスの剣だった。むかし、ある暴君がいた。ある日、ダモクレスという家臣が、王の生活をうらやむ。すると王は、ではそれを味わわせてやろうと王の座にすわらせる。ダモクレスは美衣美食、満足しながらふと上を見ると、鋭い剣が一本の馬の尾の毛でつり下げられてあった。王の栄華は死ととなりあわせだというたとえ。

いまや全人類がダモクレスとなった。なにを食べても味どころでなく、なにをやっても楽しいどころでない。といって、なにもしないでいると、ますます頭の上のことが気になる。もう、どうにもこうにもならなかった。平然としていられる者はいない。

あの陰気な惑星の、暗い古い城のなかで、いじの悪い声が話しあっている。

「あの追跡装置、うまくいっただろうな」

「もちろん、そのように作られているのだから、いまごろは効果をあげているはずだ」

「どっちの方角の、どんな星なのかは知らないが、住民たち、あのなかがからっぽとは気がつかず、はらはらしているぜ」

低い笑い声。

「はらはらを通り越して、かなり狂いはじめたのじゃないかな。目に見えるようだ。それを想像し、われわれはここで楽しんでいる。こういう雄大ないじわるを考えついたのは、宇宙ひろしといえど、ほかにいないのではなかろうか」

条件

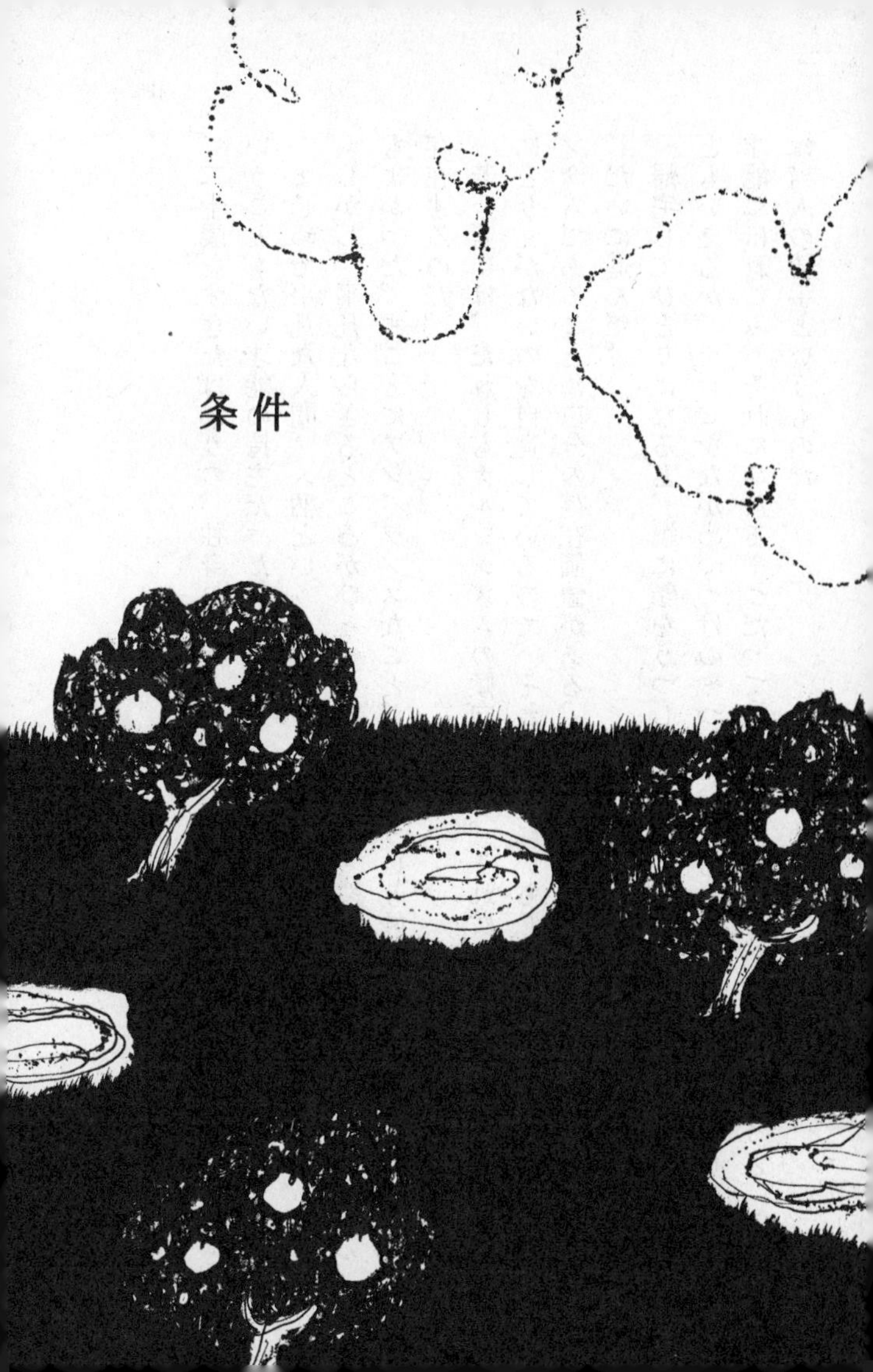

二十歳をすぎたばかりの、独身の青年があった。ある会社につとめており、なんということもない才能の持主だった。

まじめで平凡な人間。人柄という点からみれば、そう片づけてしまえる。

しかし、平凡ならざるところがひとつだけあった。大変な美男子であり、スタイルもよかった。まことにアンバランスなことだが、こういう妙な人間だって世の中には存在するのだ。

若い者には、だれしもナルシシズムの傾向がある。それにくわえ、この青年、ほかにとりえがないのを自覚しているので、それがとくにいちじるしいこととなった。ハンサムであることに自分の存在価値がある、それ以外にない。そう思いこむ度合いが、しだいに進んだ。

帰宅してひとりになると、鏡に顔をうつし、あきることなく眺めつづける。異様だともいえるが、テレビをながめつづけのやつだっているわけだし、自分の勝負事への才能にほれこみ、それにひたるやつだっている。なにに生きがいを求めようと、それは当人の勝手というものだ。

しかし、ハンサムが生きがいとなると、困った点がひとつある。勝負事や趣味なら、年月とともに向上や円熟がともなうが、ハンサムはちがうのだ。としをとるにつれ、低下することはあっても、美しさのますことなど決してない。

青年もそのことを知っていた。やがては中年にならなければならないことを。それを考えると、いてもたってもいられなくなる。時間の流れを止めたい思いだが、それはむりだ。

いやおうなしに年月に流され、老醜へ少しずつだが確実に進まねばならないのだ。いやだ、いやだと心のなかで叫ぶ。

ほかに趣味をさがすべきだと、他人は言うだろう。しかし、当人の心情をこれほど無視した言葉はない。

青年は思いつめているのだ。ああ、としをとりたくないものだと。

「それができるのなら、悪魔と取引きして、なにもかも渡したって後悔しない」

ある夜、青年はつぶやいた。その時、うしろにだれかの出現するけはいがした。ふりむくと、黒い服の小柄の男が立っている。青年はいまのつぶやきを聞かれたかと、顔を赤らめながら言った。

「あなたはだれです」

「だれだとは、なんです。あなたのご要望にこたえて出現した悪魔ですよ」

「悪魔ねえ……」

青年はしげしげと見つめた。その男は、ただものでないムードをまきちらしている。普通だったら、音もなく突然にやってこられるわけがない。

「本物のようだな。なぜ、こうも簡単に出てきたのだ」

「このごろは、だれもが合理的とかいう考え方をするようになってしまった。神秘趣味の人もないわけではないが、それも合理的の裏がえしにすぎない。しかし、あなたはちがう」

「珍しいとでもいうのか」

「そうですよ。理屈もなにもない無茶な願いを、真剣になってとなえた。そこがわたしの気に入った点です。まったく、そういう人が少なくなった。そういう人を相手にするのが、わたしの働きがいなのに。ことが不合理であればあるほど、悪魔のほうもやってて楽しいわけですよ」

「そういうものかな」

「どうです。いつまでも若くハンサムでいたいという、あなたの願い。お手伝いしましょうか」

「それは、ぜひたのみたい。で、うわさに聞く通り、その代償に魂を請求するわけか」

「おいやですか」

「とんでもない。この願いがかなうのなら、魂だって、なんだって……」

「気に入りました。こっちも働きがいがあるというものです。損得を度外視して、ひとはだぬいでみたい。大サービス。代償なしでやってあげましょう。あなたは、なにも失わなくていいのです」

「悪いなあ、有利すぎるみたいで……」

「しかし、条件はつきますよ。ルールをひとつ作らなかったら、わたしだって、やってて面白くない。楽しませてもらわなくちゃ」

「どんな条件だってのみますよ。いまの若さがこのままたもてるなら、ほかのどんなことだって犠牲にしてもいい」

「じゃあ、それを条件にしましょう。なにもかも犠牲にしろとは言わない。幸運だけを犠牲にして下さい。普通以上の幸運は一切、あなたが拒絶する。どうです」

「ええと、いいでしょう。いままでだって、とくに幸運にめぐまれたこともないのだ」

「じゃあ、きめましたよ。あなたが幸運をこばんでいる限り、若くハンサムな特長の失われることはありませんよ……」

そして、悪魔は消えた。悪魔であることを立証するような消え方だった。

青年はわれにかえったが、夢だとは思わなかった。かわした会話のすべてが頭に残っている。

つぎの日、青年が外出すると、道ばたになにかが落ちている。拾いあげてみると封筒で、なかをのぞくと、札束がいっぱい入っている。

興奮しかけたが、その時、きのうの会話があざやかによみがえった。これを拾ってはいけないのだ。青年はそれをもとの場所におき、急ぎ足で立ち去った。

しばらくたった、ある日。青年のところへ電話があった。あるメーカーから。

「とりあえずお知らせしますが、わが社の製品につけてある懸賞の葉書をお出しになりましたね。それが特賞に当りました。おめでとうございます」

「そんなの出したかな。そうだ、だいぶ前に出していた。どうせ当らないだろうと、すっかり忘れていた」

「これからおとどけいたします」

「あ、ちょっと待って下さい。いりません。辞退します。そちらで処理に困るのでしたら、気の毒な人の施設に寄付して下さい」

「ご立派ですな。ニュースで話題になり、あなたは時の人になりますよ」

「あ、それも困ります。わたしの名前は絶対に出さないで下さい」

「現代に珍しく、欲のないかたですな」

欲がないのではない。ひとつの欲のために、幸運を犠牲にしているわけなのだ。しかし、そんな説明をしたって、だれも信用してはくれまい。

　こんなこともあった。青年がある遊園地に入った時、入口で声をかけられた。

「おめでとうございます。あなたは、百万人目の入場者。世界一周の旅行券をさしあげます」

「なんですって、ちがいますよ。みのがして下さい。じつは、自分で偽造した入場券で入ろうとしてたのです」

　青年は入場券を破って、のみこんだ。相手はなんともいえない変な表情だった。そのすきに、青年は逃げ帰る。悪魔のやつ、なかなかやるなあ。しかし、こっちも決して負けないぞ。

　道ばたで声をかけられることもある。

「あなたは俳優になるべきです。わたしが保証する。たちまち人気が出ますよ。コマーシャル・フィルムで金も入る。どうですか」

「だめです。そんな自信はありません」

会社においても、そのたぐいの目にあう。人事異動で異例の昇進の話があった時、彼はまだ早いと辞退した。

そのうわさが上に伝わって、青年は重役に呼び出された。

「きみは遠慮ぶかい性質のようだな。なかなか好青年なのに、欲がない。気に入った。どうだ、わたしの娘と結婚してくれないか。十人なみだし、悪いようにはしない」

「いえ、それが困るのです。なにとぞ、お許し下さい」

「ふしぎなやつだな」

他人には理解できないことなのだ。現代においては、欲がないとかえって目立つ。変人あつかいされ、いづらくなり、そうなった青年はべつな会社に移った。

会社を移っても、また似たようなことがくりかえされる。そして、やがてまたも会社を変えるということになる。

年月がたってゆく。青年は毎日のように、鏡をのぞきこむ。気のせいでなく、依然として若々しくハンサムだった。彼は満足だった。

ぱっとしない日常で、あまりいいこともないのだが、これが彼の生きがいなのだ。

他人にどう思われようが。

幸運の波は、休むことなく押しよせてくる。悪魔のほうもなかなか熱心のようだった。しかし、その手には乗らないぞ。青年はどれも拒絶した。拒絶しつづけている。

また年月がたった。青年はやはり若々しくハンサムだった。

ある日、訪問者があった。

「じつは、医学研究所から参りました。科学の発達は、すばらしいワクチンを作りあげました。若さをいつまでもたもつ作用があるものです。すばらしいききめ。しかし、当分のあいだ量産は不可能です。希望者が多すぎて、扱いに困るほどです。値をつけたら、金持ち優先となり不公平がおこる。そこで、抽選をしたところ、あなたが第一号にえらばれました。いまの若さが、ずっとたもてるのですよ。ご幸運、おめでとうございます」

「いえ、まにあってます……」

追究する男

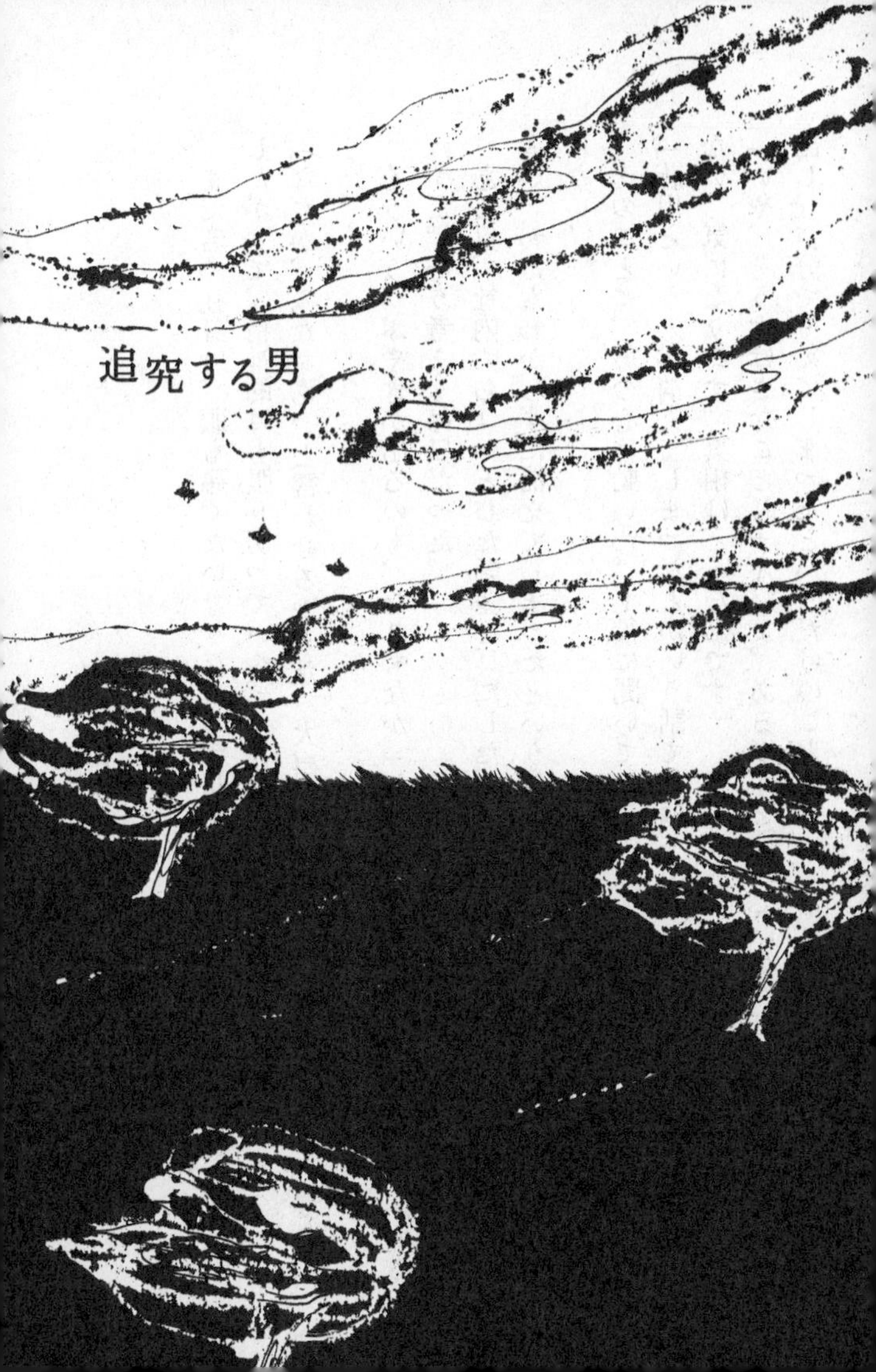

まだ若く独身で、頭も悪くないなりたての新聞記者があった。健康で元気もあった。したがって、精神的にも張り切っていた。

「なにか、みなをあっと言わせるような、大事件の記事を書いてみたいものだな……」

そういうつぶやきが出るのも、むりもなかった。なにかないだろうか、なにかあるはずだ。そう考える毎日だった。

ある日、社内でちょっとした話題を耳にした。半年ほど前、藤川というこの社の記者が、わけもわからずに消えてしまったというのだ。原因や理由について、だれも知らない。

そのことに、彼の心は動いた。上役に聞いてみる。

「藤川という人が消えてしまったとかいう話ですね。消されたとすれば、おだやかでない。気になります。真相はどうなんです」

「いや、そう大げさなことじゃないよ。ある事件を調べていたのだが、途中で辞表を出し、自分でやめてしまったというだけのことさ。いまなにをしているのか、だれも知らない。会ったやつも、年賀状をもらったやつさえいないんだからな。だから、妙な想像によるうわさが発生したというわけさ」

「いったい、どんな事件を調べていたというのですか」

「ある警察署の刑事が、勤務中に消息不明になってしまった。まじめで仕事熱心な性格の人だったという。藤川はその件に興味を持った。その足どりを追って、記事にしようと考えたわけだよ」

「で、なにか結論を得たのですか」

「本人はえらく張り切っていたが、わたしはなんの報告も受けなかった。もう少しで真相がつかめそうだという話を何回か聞いた。だが、そのうち、事情も言わず、辞表を出した。そして、それっきり社に来なくなった」

「なんだか、好奇心がわいてきました。なにか裏がありそうだ。ぼくにやらせて下さい。かならず解決してみせますから」

若い記者は身を乗り出したが、上役は首をふった。

「わたしの判断では、それほどの事件とは思えないね。いまの世の中、転職する連中は多い。うちの新聞の紙面でも、転職の特集をやったことがあるくらいだ。そんなのをいちいち追っかけていたら、きりがない。報道すべき、もっと重大な事件は多いのだ」

「しかし、事件を追っている途中の刑事や記者の転職となると……」

「いやに熱心だな。まあ一晩よく考えてみてくれ。あしたにでもあらためて……」

つぎの日、若い記者は上役に言った。

「考えれば考えるほど、なにか重大なことに関連があるような気がしてなりません。この件の調査をやってみてもいいでしょう。社に迷惑をかけないよう注意しますから」

「かなりの意気ごみだな。そんなにまでやりたければ、好きなようにしろ」

「で、なにか手がかりは……」

「それがあまりないんだな。よくバー・エックスにかよっていたというほかには……」

「では、そこからとりかかりましょう」

若い記者は、そのバーへかよった。

マダムは神秘的なかげのある美人だった。しかし、客あしらいはうまく、話題は豊富で、遊びごこちのいい店だった。だが、すぐ切り出すのもと思い、彼はしばらく機会を待った。けっこう金がかかった。

しかし、やがて核心にふれる質問をする。

「ちょっと、聞きたいことがあるんだが」

「なんなの、あらたまって……」

「じつは、藤川の消息についてなんだ」

マダムの表情が、少し変った。

「およしなさいよ。そんなお話を口になさるの……」

「いや、ぜひ知りたいんだ」

「ねえ、あなたの、いままでたまっている代金を帳消しにしてあげるわ。そればかりじゃない。今後は、いくらお飲みになっても、ずっとただにするわ。このお店の飲み心地、悪くないと思うけど……」

「ありがたいな。夢みたいだ。しかし、なにか条件があるんだろう」

「さっきのお話、忘れてちょうだい」

「ううむ……」

「よく考えてみてね」

若い記者は、帰ってから考えた。高級バーで、好きな時に無料で酒が飲めるとは、うまい話だった。ちょっとしたことと引き換えにだ。しかし、ここで妥協してはいけないのだとも思いかえす。

そうまでして藤川の調査をさまたげようとするのは、なにかあるからだ。それを追究しなければならない。ここで引きさがっては、せっかく乗り出した意味がなくなる。

彼は金をつごうし、バーに出かけた。それを迎えてマダムは言う。

「いらっしゃい。きょうからは、お会計を気にすることなく、好きなだけ飲めるのよ」

「いや、飲みに来たのじゃないんだ。ご期待にそえなくて申しわけないが、いままでの代金を払いに来た」

「あら。すると……」

「そう。藤川についての消息を聞きたいんだ。さあ、お金だ」

彼はそれを渡す。マダムは首をかしげる。

「そんなこと、おやめになったほうがいいと思うんだけどな……」

「ぜひ知りたいんだ。よくよく考えた上でのことなんだ。この決心は変らない。たのむ、なにか手がかりを話してくれ」

「そこまで思いつめているんじゃ、しようがないわね。負けたわ。以前、この店に秋子というのがいたの。彼女なら知ってるわ」

「本当なんだろうな。で、どこに……」

「地図を書いてあげるわ。わかりやすいところよ」

「ありがとう」

若い記者はそれを受けとった。

その図をたよりに訪れてみると、しゃれた婦人服の店があった。さまざまな色彩にみち、外国製のアクセサリーも売っていた。

「いらっしゃいませ」

若い女が彼を迎えた。男がひとりで入ってきたことに不審そうな表情だったが、お客はお客。美しく、頭のよさそうな女だった。あいそもいい。彼はためらいながら聞く。

「じつは、バー・エックスのマダムからうかがって来たのですが、あなたは秋子さんですか」

「ええ。夜あそこで働きながら、デザイナーになる勉強をしたの。それから独立し、ここにお店を開いたんですわ」

「商売はうまくいってるんですか」

「まあいいほうでしょうね。外国の流行をすばやく取り入れようとする店が多いわけよ。でも、あたしはちがうの。日本の伝統美をもとに、自分のアイデアでデザインしているの。そこをみとめてくれ、ひいきにして下さるかたが多いんですわ。とくに外国へ行かれるかたなど、わざわざここまでいらっしゃって下さったりして……」

「順調で、けっこうですね」

感心する若い記者に、秋子は言う。

「で、なにをお求めにおいでですの」

「ちょっとうかがいたいことが……」

「なんでしょう」

「藤川という男のことについて……」

そのとたん、女は手を横に振った。

「そんなこと、おっしゃってはいけませんわ」

「しかし、ぼくは聞くまで引きさがらないつもりですよ」

秋子はしばらくだまり、そして言った。

「それだったら、ずっとここにいらっしゃったら。あたしにはね、パトロンもいないし、変な男もついてないのよ。あなたのようなかたがいっしょだと、心強いわ。お仕事はうまくいっているのよ。恋人になってよ。よろしかったら、それ以上のものにも……」

「しかし……」

「男相手の商売じゃないから、あなたに気をもませることはないわ。楽しく生きましょうよ。ねえ、よくお考えになって下さらない」

「そうだな。考えておきますよ」

若い記者は、いったん引きあげた。しかし、ここで追究を中止する気にはならなかった。つぎの日、彼はふたたび訪れ、誠意あふれる態度でたのんだ。

「きみはじつに魅力的な人だ。ぼくもきみを好きになってきたし、できればそうしたい。しかし、ぼくは藤川のゆくえを知りたいのだ。どうしても知りたい。理屈じゃない。男の意地とでもいったらいいのか……」

「現実のあたしより、幻の人物のほうを選ぶのね。同感できないけど、その決断には感心したわ。でも、そうなるとね、きのうのお話はなかったことになるわよ」

「それは仕方ない。で、藤川は……」

「ねえ、考えなおさない。あなたのためを思っての忠告なのよ」

「ご好意はありがたい。しかし、自分でもどうしようもない気分なんだ」

「わかったわ。この道のむこうに、喫茶店があるでしょう。午後四時になると、少年が入って来るわ。それに聞いてごらんなさい」

「どうも、すまない……」

美しい女をあとに、若い記者はふりむきも、ためらいもせず、店を出た。

それはすばらしい美少年だった。すんなりしたからだつき。目が大きく、まつ毛が長く、気品があった。男でも、いや、男ならなおさら、一瞬、息をのむような気分になる。

「ねえ、きみ、むこうの婦人服の店の人から聞いてきたんだけど……」

若い記者は話しかけた。少年はものうげに、答えるともなく言った。

「ぼく、レモンの入ったミックス・ジュースを飲みたいんだけど……」

「いいとも、おごってあげるよ」

運ばれてきたそれを、少年は飲む。

「なにか、ぼくに用なの……」

「藤川という男について知りたいんだ」

「そんなこと調べるの、やめたほうがいいと思うんだけどな……」

少年はとしにあわず、複雑な笑い方をした。目のあたりがかすんだようになり、そういう趣味の者だったら、ぞくっとしたかもしれない。若い記者はどうあつかったものかと、とまどいながら言う。

「ぜひ、知りたいんだ」

「だけど、困っちゃうなあ。そう、すぐ答えろなんて言われても」

「じゃあ、いつ教えてくれる」

「あしたの晩、海岸のそばの公園で……」

まったく、あやしげな気分だった。若い記者は少しおかしくなりかけるのを、自分でも感じた。へたをすると、あの少年を、好きになりかねない。冷静にならなくてはだめだ。

つぎの日の夕方、彼は公園で待った。すこしおくれ、少年がやってきた。

「さあ、藤川のことを教えてくれ」

問いつめる若い記者を、少年は首をかしげて見あげながら言った。

「そんなに急ぐこと、ないんじゃない」

「じらすな。いいかげんにしろ。子供と遊んでいるひまはないんだ」

彼は少年の腕をねじあげ、痛めつけた。美少年をいじめることで、妙な気分が味わえたが、彼は目的の重大さを自分に言いきかせ、力をこめた。少年は悲鳴をあげた。

「やめて、やめてよ。言うから。毎朝ここへ体操をしにくる人がいる、その人が知っているよ」

「本当なんだろうな」

「本当ですよ。でも、やめたほうがあなたのためなんだがなあ」

「それはこっちできめることさ」

　翌朝、若い記者はその公園にいった。すでに、スポーツマンらしい二十五歳ぐらいの男が来ていて、なわ飛びをしていた。ずっとつづけているが、きたえたからだのせいか、疲れたようすはなかった。ほかに人はいない。彼は近よって声をかけた。

「おはようございます。あの……」

「なんだ」

　運動をやめ、相手は返事をした。

「うかがいたいことがあるんです。じつは、藤川という男についてですが……」

「なにかと思ったら、とんでもないことを言い出すやつだな。帰れ」

「いや、帰りません」

「むりにでも帰らせるさ」

とたんに相手はむかってきた。柔道の達人だった。記者は投げ飛ばされ、倒れたところを引き起こされ、また投げ飛ばされた。首をしめられかけ、彼は切札を口にした。

「ぼくは新聞記者ですよ」

「いじめると、ただじゃすまないと言いたいんだろう。しかし、そうはいかないよ。きのうの夜、おまえはここでなにをした。大きな口はきけないと思うがね」

つづけてまた、何回かなぐられた。

「あれをごらんになってたんですか」

「見ちゃいなかったが、あれはおれの弟だ」

「あなたの弟さん……」

「そうだ。性格はだいぶちがうがね、実の弟であることにまちがいない。新聞記者なら、たしかめるぐらい、わけはないだろう」

「そうとは知りませんでした。あやまります。許して下さい」

若い記者は泣かんばかりにあやまった。

「さあ、許したものかどうかな」

「たしかに弟さんをいじめました。悪かったのはこちらです。お気がすまないのでしたら、もっと投げ飛ばして下さい。もっとなぐってもかまいません」

すわりこむ記者に、相手は言った。

「みごとな覚悟だな。いいことを言うじゃないか。おれはスポーツ精神の持主なんだ。負けを表明した者に、それ以上のことはやらない。気に入った。許してやるよ。帰ってもいいぜ」

「ありがとうございます。しかし、帰る前に、さっきのことについて……」

「そりゃあ、虫がよすぎるぜ。これで貸し借りなし。同じスタート台に立ったようなものだ。よく考えて、出なおしてくるんだな」

「はあ、そうしましょう」

「念のために言っとくがね。スポーツに関して、おれは万能なんだ。柔道、ボクシングから、ヤリ投げなど陸上競技、水泳、ひと通り身につけている。フェンシングや射撃の腕もたしかだ。だから、何人つれてきても、腕ずくじゃどうにもならないぜ」

「わかりました。では、また……」

記者は引きあげざるをえなかった。そして、作戦を考える。まったく、またも壁にぶつかってしまった。あいつの強さは、身にしみてわかった。あいつにしゃべらせるのに、どんな方法があるだろう。

女を使った色じかけでやるか。しかし、協力してくれそうな女の心当りはなかった。

それに、あれだけのスポーツマンともなれば、近よる女も多いにちがいない。女を使っての小細工など、かえって逆効果になるだろう。となると……。

いい考えは浮かばなかった。金にものをいわせる以外には。若い記者は、自分のも

それを持って、朝の公園に行く。このあいだと同じく、男はそこでなわ飛びをしていた。

「先日は申しわけございませんでした」

「いつまでもこだわるなよ。あれはあれですんだことだ」

「ところで、藤川のことなんですが……」

「なるほど、熱心なものだねえ。気に入ったぜ、男はそうでなくてはいけない。しかしどうだろう、こういう条件は……」

「どんなお話です」

「あんたの用心棒になってやるよ。どんな危険なところへでも取材に行けるぜ。いくらでも、特だねがとれる。おれがついていれば、絶対に安全だ。いくらでもいい記事が書けるというものだ。謝礼なんかいらないよ」

「ありがたい申し出です、信じられない」

「な、悪くないだろう。そのかわり、さっきのことは忘れるんだな。こんなサービスは、おれだってはじめてだ。いままでの修練を役立たせてみたい気分からでもあるわけだがね。よく考えてみてくれないか」

「はい。そうします……」

その日は、彼も引きさがった。しかし、決してあきらめないのだった。つぎの朝、若い記者はまた公園に出かける。

「またやってきましたよ」

「おれの申し出を受けてくれる気になったかい」

「それが、せっかくのお話、心苦しいんですが、やはり、ぼくは藤川のことを知りたいんです。ここにお金を持ってきました。たくさんはありませんが、なにもかも売り払ったぼくの全財産です。これをさしあげます。藤川についてご存知の情報を教えて下さい」

「ううん、全財産とはね。その言葉に、うそはないようだ。よほどのご執心とみえる。その誠意をみとめよう。そのお金はいただくことにするよ」

相手はさっと取り上げた。若い記者はあわてて言う。

「まさか、持ち逃げするのでは……」

「そうか。心配するのも無理もないな。その気になれば、おれにはそれができる。足は早いし、腕ずくでも負けないな。ひとつ、そうするか……」

「お願いです、お助け下さい……」

「あはは、冗談だよ。おれは、そんな悪質な人間じゃあない。メモと鉛筆を貸してくれ。番地と名を書いてやる。そのレストランに行ってみな、そこの主人が知っている」

そう大きくもなく、あまり有名でもなかったが、感じのいいレストランだった。静かな裏通りにあり、目だたないところに金のかかった室内装飾だった。いうまでもなく、味はすばらしかった。

それとなくまわりのお客を見ると、店にふさわしい人ばかりだった。上流階級の味にうるさい連中の来る店のようだった。帰りがけに代金を聞くと、かなり高かった。しかし、それだけのことはある料理だった。

若い記者は、また出かけた。そして、食事のあとボーイに言った。

「ここの主人に会いたいんだが……」

「しばらくお待ち下さい」

やがて、主人があらわれた。四十歳ぐらい。コックの服装をしていた。

「わたしが経営者でございます。なにか、味にお気に召さない点でも……」

「そんなことではない。おいしかった。正直なところ、こんなすばらしい料理を口にしたのははじめてだ」

「そうでございましょう。腕にはいささか自信がございます。ヨーロッパで五年ほど修業しました。普通の料理人は、そこまでしかしません。しかし、わたしはそのあと、さらに東南アジアで中国料理などの研究をしました。中国料理の特色は、いくらつづけて食べてもあきないという点にあります」

「その長所を取り入れたというわけか」

「はい。ですから、ここの洋食は、毎日めしあがっても、決してあきません。お値段がお高くなっておりますが、ごひいきにして下さるお客さまもいるというわけで……」

「そうだろうな」

「これからも、おいで下さいますよう……」

戻りかける主人に、彼は声をかけた。

「まってくれ。ほかに用がある。じつは、教えてもらいたいことが……」

「料理の材料かなにかのことで……」

「まったくべつなことだ。藤川という男の消息についてだ」

「なんで、わたしがそんなことを……」

「知らないとは言わせないぞ。たしかな筋から聞いてきたのだ」

「弱りましたな。とうとう、わたしのところまで来てしまったとは」

「やはり、なにか知っているのだな」

「いかがでしょう。この店の宣伝担当の相談役になっていただけませんか。ほんの形式的なものです。メニューやコースターのデザインについての、ご意見をのべていただければいいんです。そのかわり、お食事は無料といたします。毎日おいでいただいても、けっこうです。味にご不満はございませんでしょう」

「こんなおいしい店はほかにない」

「決して悪くないお話でしょう。あなたのために申し上げているのですよ。つまらないことは、お忘れ下さい」

「うむ……」

「よくお考えになってみて下さい」

「考えてみるよ」

そう言って、若い記者は帰った。店の主人の攻略法を考えるためだった。もはや金はない。あったとしても、金の力では動きそうにない。藤川についてしゃべらせる、適当な方法は思いつかなかった。

久しぶりに新聞社へ行く。そこの資料室で調べると、あった。十五年ほど前、食中毒で死者を出した店があった。その主人の名と同じではないか。彼は勢いづいた。ふたたびレストランへ出かけ、主人に言う。

「十五年前に、とんでもないことをしたな」

「どこで、そんなことを……」

「新聞記者なのでね」

「あの事件以後、二度とくりかえすまいと誓った。人びとを味で楽しませ、つぐないをしようと、外国で必死になって修業し、出なおしたのです。そして、やっとここまで来たというのに……」

「表ざたになっては困るだろう」

「新聞社の人が恐喝をするのですか」

「そうなってはよくないと思ってね。さっき、辞表を社へ郵送しておいた。つまり、もはや記者ではない。ぼく個人の立場でやることなのだ。さあ、藤川のことを教えてくれ」

「驚きましたなあ。そんなに夢中になっているのですか。職を辞してまで……」

「そうなのだ」

「それでは、つぎの勤務先をさがさねばなりませんね。いままでしたら、ここの店で、このあいだの条件で……」

「ごまかさないでくれ。ぼくの知りたいことを、早く話してくれ」

「あなたには負けました。お教えしましょう。しかし、手がかりだけですよ」

そして、主人はある実業家の名を言った。その人が藤川の居所を知っているはずだと。

彼も名を知っているほどの、有名な実業家だった。いくつもの会社を経営している。彼はそれらの会社に関する資料を取りよせ、日数をかけ調べてみた。どれも業績がよかった。

「かなりの利益をあげているようだ。その利益の、資料にはのっていない裏の事情について、藤川はなにかをつかんだにちがいない。ひとつ、乗りこんで、直接に聞き出すか」

大きな邸宅だった。彼はその門を入ろうとしたが、近くに警察のあったことを思い出し、そこへ行ってこう言った。

「これから、あの実業家の家を訪問します。帰りにここへ寄らなかったら、なにかがあったと思って下さい」

「ふしぎな人だね。なにが起るというのだね。しかし、まあ、いいでしょう。記憶しておきましょう」

そして、彼は覚悟をきめ、門を入った。面会を申し込むと、若い男が出てきて言った。

「社長は自宅でも忙しいのです」

「お時間はとらせません。五分でけっこうですから、お目にかからせて下さい」

応接間に通される。やがて社長が出てきた。

「わたしになんの用かね。簡単に言ってくれたまえ」

「そういたします。じつは、藤川という男がいまどうしているか、それをうかがいたいだけです」

「その名を言ってくれるな。わたしは胸が痛くなるのだ」

「しかし、わたしは藤川の消息を追って、ここまで来たのです。その苦心は……」

「それはわかる。きみはまじめで、あくまで目標につき進む性格のようだ。みどころがある。どうだ、わたしの事業を手伝ってくれぬか。きみなら、きっと成績をあげるだろう。手腕を示せば、会社をひとつまかせてもいい」

「はあ……」

「わたしには、あとつぎの子がないのだ。だから、きみの実力いかんによっては、わたしの後継者にもなれるよ。ここをよく考えてみないかね」

「はあ……」

彼は考えた。事業を手伝うことについてでなく、藤川についてだ。やっと、ここまでたどりついたのだ。もう少しではないか。

「……しかし、やはり……」

「そう早くきめることはあるまい。一晩ゆっくり考えてからにしたまえ。わたしは逃げもかくれもしない」

「そういたしましょう。では、あす……」

彼は引きあげた。警察へ寄り、あしたもよろしくとあいさつをして。

いままでだってそうだった。ここまできて決心の変るわけがなかった。翌日、彼はまた邸を訪れた。

「藤川のことを教えて下さい」

「だめかねえ。きみのような人間に、ぜひ手伝ってもらいたいのだ。その気にならんかね。いまからでもまにあうよ」

「そんなことより、早く藤川のことを教えて下さい。ごまかしては困ります」

「その名を聞くと、心が痛むのだよ」

「きのうも、そんなことをおっしゃった。あなたは、部下に藤川を消させたにちがいない、企業の秘密かなにかを知られたので……」

「そんなことはない」

「しかし、藤川の消息はここで絶えているんです。生きているのなら、だれか会っているはずなのに、そんな話は聞かない。いったい、どこにいるんです」

「それを言わせようと言うのか」

「そうです。ぜひ知りたい」

彼は身を乗り出した。社長は壁の地図を指さして答えた。

「この小さな島にいるよ。わたしの会社のひとつが、将来のレジャー産業用にと買った島だ。そこの小屋で、見張り番をしている。未開発だから、まだ定期船は出ていないが、そのへんの漁船にたのんで乗せてもらえれば行ける。しかし、思いなおして、わたしの仕事を手伝う気にはならないかね。最後のチャンスだよ」

「申しわけありませんが、わたしにはわたしなりの生き方があるのです」

　彼は島に渡った。空気もいいし、悪いところではなかった。開発されれば、いい保養地になるだろう。もっとも、そうするにはかなりの年月がかかるだろうが。

　粗末な小屋があった。彼はそこへたどりつく。なかに、ひとりの男がねそべっていた。声をかける。

「こんにちは。あなた、藤川さんですか」

「いや、ちがうよ」

「じゃあ、どこにいるんです。教えて下さい。もったいをつけられたり、変な条件を出されるのは、もうたくさんだ」

「そんなことはしないよ。藤川なら、そのへんの岩の上で釣りをしているはずだ」

「どうもすみません」

　たしかに、釣りをしている男がいた。

「あなた、藤川さんですか」

「そうだよ」

　と男は気の抜けたような表情で答えた。

「あなたは、消えた刑事のあとを追ったまま、消息を絶ってしまいましたね」

「そうだよ」

「で、みつけたんですか、その刑事を」

「ああ、あの小屋のなかにいるやつがそうさ」

「その刑事が、なぜここに……」

「だれかをさがして来たらしい。そいつをここで見つけたってわけさ。しかし、そいつはまもなく、海へ身を投げて自殺してしまったそうだ。あるいは、そいつの前にも、だれか自殺しているかもしれない」

「なぜ、自殺なんかを……」

「おれには、よくわかるがね」

「しっかりして下さいよ。藤川さん。あの小屋にいる刑事もだ。帰りましょうよ。ばかばかしい。こんなところにいるなんて。苦労してここまで来たんでしょう」

「そうさ。きみと同じような苦労をしてな。ばかばかしい苦労をだ。で、いったい、帰ってなにをするんだね。帰れば、なにがあるというんだね」

「人生というものがあるじゃありませんか」

「そうかね。ここも悪くないぜ。あの社長が、最小限の必要品をとどけてくれる。まあ、一晩ここで考えてからにしてみたらいい」

「そうでしょうか。考えてみましょう……」

彼はその島で一晩をすごした。波の音で眠れぬまま、ひとり考えた。ここにたどりつくまでのことを回想した。

そのうち、ここで自殺したやつ、戻る気にならぬ藤川や刑事、その心境がなんとなくわかってきた。

社会へ戻って、どんな人生があるというのだ。人は、めぐり会うかもしれぬ幸運を期待しながら、なんとか生きている。それなのにおれは、現実に何回もめぐり会いながら、それを全部みずから拒絶し、捨ててしまった。おれに残されたものは、後悔しかない。

まわれ右

医者のところへ、ひとりの男がやってきた。五十歳なかばぐらい。どことなく表情がおかしかった。もっとも、おかしいところがあるからこそ、人は医者をおとずれるのだ。男は思いつめた口調で言った。

「先生。わたしの話を聞いて下さい」

「聞きますとも。病人を治療するのが商売なのですし、どうぐあいが悪いのか話を聞かないことには、診断のしようがありません。で、お名前は……」

と聞く医者に、男は名を告げてから言った。

「おかしくなったのは、会社を停年でやめて、しばらくしてからでした」

「なるほど。停年退職というやつは、たしかに、生活のリズムを大幅に変えますからな。からだにも影響がおよびますよ。急にふけこんだりしてね。しかし、あなたは見たところ、非常にお若い。とても、停年退職をした人には見えない」

「ええ、問題はそこにあるのですよ。わたしも、まさかこんなことが、わが身の上におころうとは。いったい、こんなばかげたことになろうなどと……」

わけもなくしゃべりつづける男を、医者はなだめた。

「まあ、そう興奮なさらずに。その問題点をお話し下さい」

「その先を話すと、精神異常と思われ、それで終りです。ここだって、どうせそうにきまっている」

「そんなことはありません。わたしは医学の各分野について、まんべんなく学んだ。だから、総合的な診断と手当てができるのです。精神的な障害なら、それなりの手当てをしてあげます。ご安心下さい」

「そうでしたか」

「さあ、気を楽に、なにもかもお話しになって下さい。いったい、いつごろからおかしいと思うようになったのです」

「おかしいと思うでなく、事実おかしくなったのです」

「そう、表現は正確なほうがよろしい。で、いつごろからですか……」

しばらくの緊張した沈黙ののち、男は言った。

「じつは、五年後からなのです」

「なんですって……」

「ほら、先生もほかの医者と同じだ」

「いや、確認のための質問ですよ。何年です。もう一回おっしゃって下さい」

「五年後から、ずっとなのです」

と男は言った。医者も、いまとなっては笑うわけにいかなくなっていた。内心はともかく、職業的な冷静さを示して言った。

「では、その発病の時のもようを、もう少しくわしく話してくれませんか。まだ病気ときまったわけではありませんから、発病という言葉が適当かどうかわかりませんが」

「会社を停年退職し、しばらくたった、ある日のことです。いつものように、自宅でひとり夕食をとり、そのあと、ラフラを食べた。栄養をつけておいたほうがいいと思いましてね」

「なんです、その、ラフラというのは。聞いたことがない」

「そうでした。先生がご存知ないのも、むりはない。いまから五年後に流行する食品ですからね。しかし、その副作用ということはないはずですよ。味とかおりはすてきですが、べつに特殊な成分が含まれているわけではありませんから……」

「で、食後どうなさったのです」

「二時間ほど読書をし、眠りました。朝までぐっすりです。その眠りの途中、変な夢を見ました。あんな変な夢は、はじめてだ」

「どんな夢です」

「正体不明なのです。ぼんやりとはしているが、たしかに存在している。ようするに、わけがわからないものです。しかし、言うことははっきりしていた」

「なんと言ったのです」

「まわれ右と、わたしに言ったのです。そこだけは、いまでもはっきりおぼえている。それから、目がさめ、朝になっていた。だが、なにかおかしい。そのうち、気がついたわけです」

「なにがどうなったというのですか」

と医者は好奇心をもって聞いた。

「いいですか。何回も話すのはいやですから、はっきり、ゆっくり申しあげますよ。普通ならですね、夜に眠って、目がさめて朝になると、翌日です。しかし、その、わたしの場合はちがったのです。目がさめてみると、前日になっていたのです」

「ううん……」

「作り話をしにきたわけじゃありませんよ。他人をだまして面白がる性格など、わたしにはありません。新聞の日付け、曜日、すべて一日前になっていた。その新聞の記事も、すでに読んだものでした。天気も同じ、前日をふたたび体験させられたというわけです」

「気のせいだとは思いませんでしたか」

「思いましたとも。夢の延長か、幻覚のようなものだろうとね。ほかに考えようがありません。その日はずっと、そう思いこむようつとめました。そして、夜になって眠り、朝になって目がさめた。すると、さらに前の日になっている……」

「ううん……」

医者は、またうなった。ほかに言いようがなかったのだ。男はつづけた。

「それから、ずっとなのです。つまり、夜になって眠ると、前の日の朝につづいてしまうのです。しかし、こんな話、信用して下さらないでしょうね」

「いや、信じますよ。じつに興味がある。もっと先を聞きたい気分ですよ」

医者は内心、相手にさらにしゃべらせ、つじつまの合わなくなる点の出るのを待つつもりだった。

「そう言われると、話しやすくなります。たしかに異常にはちがいなかった。しかし、決して悪い事態じゃありませんよ。いやおうなしに老いや死にむかって流されるのとは、逆なのですから。速度はおそいが、確実に若くなってゆく……」

「なるほど。停年退職したあとにしては若く見える。そのせいでしたか。うむ。これはすばらしい研究テーマだ。うまくゆくと、若がえりのワクチンの完成が……」

「かんちがいなさってはいけません。若がえっているのではない。時をさかのぼっているのです」

「未来から戻って、ここにやってきた、そういうところですな」

つぶやきながら、医者は首をかしげた。男はうなずく。

「そうなんです」

「だったら、未来のことをおぼえているわけでしょう」

「理屈の上ではね。いや、事実おぼえてはいますよ。しかし、先生、あなたはどうですか。きのうなさったことを、一週間前、一年前になさったこと。それをはっきり思い出せますか」

「ううん。それはむりだな。しかし、メモをつけておけば……」

「だめですよ。つぎの朝は、メモを書いた前の日になっているのですから。メモは白紙になってしまっている。そうだ。メモといえば、わたしの気分は、日記帳をおわりのほうから読みかえしているようなものです。読んだあと、破り捨てながらね。ある日、ふと外出して、デパートに行ったりする。そこで気がつくのです。そういえば、前にこれと同じことをやったっけなと……」

「そういうものでしょうかね。わたしには想像もつかないが……」

医者は考えこみ、男は話しつづけた。

「やがて、わたしは就職しました。変な顔をなさらないで下さい。停年退職前の自分に戻ったわけです。会社へ出勤する毎日となりました。いいものですな、毎日、仕事にうちこめるというのは。また、のんきなものです。なにしろ、一般の人にとっての翌日のことを心配しなくていいのですから」

「その、会社での仕事は、うまくやれるのですか」

「かつての、その日の自分に戻るわけですよ。からだのほうが、しぜんに動き、その日にふさわしいようなぐあいになるのです」

医者は質問をひとつ思いついた。

「たしかに奇妙な現象です。しかし、さっきからのお話だと、あなたはそれに適応なさっているようだ。老化もせず、死からは遠ざかりつつある。発病、といっていいのかどうかわかりませんが、五年もその生活をつづけている。なにか困ったことになったのですか」

「ええ……」

「ははあ、普通だったら昇進のところを、時がたつにつれて格下げになるとか……」

「それは平気です。前の日へ、前の日へと戻ってゆくのです。格下げになっても、だれもばかにしません。格下げになった日など、まわりでお祝いをしてくれます。あしたは昇進だといってね。うらやましがられもする」

「それも理屈ですな。それなら、それでいいじゃありませんか。ただならぬ感じで、ここへかけこまなくても……」

医者はその点をふしぎがり、男は話した。

「じつは、申しおくれましたが、わたしは妻に先立たれたのです。それが大変な悪妻でしてね。正直なところ、死んでほっとした。そんな女でしたよ。それを思い出したのです。日、一日と、妻の命日が近づいてくる。ほどなく、その日が来ます。となると、あのいやな日の連続がはじまるわけでしょう。それを考えると、死にたくなる。だから、あわてて、一大決心をして、ここにうかがったのです」

「そんな事情があったとはね。しかし、どうしたものか。あなたは、運命というか、時間軸というか、それが百八十度、変ってしまったわけですな」

「そんな、説明とか解説などは、どうでもいいのです。早くなおしていただきたいだけなのです。ゆっくり研究して、なんて言ってるひまはありませんよ。あしたになれば、わたしは、先生にとってのきのうに戻ってしまうのです。だから、一刻も早く…

…」

男にせかされ、医者はしばらく考えこみ、それから言った。

「療法となるとねえ。強力な電磁場発生装置がある。それを使用すれば、あなたをふたたび未来へはねかえせるかもしれない。強力な新しい薬品がある。潜在意識に作用するやつです。それを注射し、まわれ右の暗示をかけるのも、ひとつの方法かもしれない。しかし、へたをすると……」

「その心配はしないで下さい。きのう、わたしは生きていた。つまり、先生にとっての明日、わたしは生きているわけです。すなわち、生命は保証されている。ところで、先生にとってのきのう、ここでわけのわからない死者が出ましたか」

「そんなの、出ませんでしたよ」

「それなら、治療のかいなく、わたしがここで死ぬということもない」

「わけがわからない気分だが、そういうものかもしれませんな。やってみるとしますか」

どっちへころんでも大丈夫らしいと、医者は治療をこころみた。思いつくかぎりの、ありとあらゆる方法がとられた。医者のほうも疲れたが、男もさすがにぐったりとし、ついにベッドの上に横たわったままとなった。

翌日、医者は病室をのぞいた。消えているか、死んでいるかと、好奇心と不安をもってのぞいた。

男はベッドの上にいた。医者はゆりおこし、声をかける。

「おい、目をさませ……」

「あ、先生。きょうは何日です」

医者はカレンダーつきの腕時計を示して言う。

「きのうの翌日だ。わしにとってのな」

「あ、すると、わたしはなおったわけだ。ありがたい。お礼の申しようがない。で、治療代はどれくらいでしょうか」

「それを気にすることはないよ。たのみがある。思い出せる範囲のことだけでいい。未来のことを、少しずつ教えてくれ。それだけでいいし、それが唯一の望みだ。そのために、手をつくしたようなものだ」

「いいですとも。ご要望にそいましょう」

男は数日の入院ののち、退院し、ふたたび会社へ通勤するようになった。医者は未来を知る期待で胸をおどらせながら、一日おきぐらいに、男の会社へ出かけて聞く。

「教えてくれよ。あした、どんな事件がおこる。一週間後でもいい。なにしろ、あなたは二回も同じ体験をしているのだ。予想のたたないはずはない」

「あいにく、わたしは株式や競馬に興味がなかったのでね。それに、どうも少しおかしいところがあるのです」

「ごまかしちゃ困るよ。なにも、わたしにかくすことはないじゃないか。自分だけ、うまいもうけをしようというのだろう。けち。この恩知らず。だれのおかげで正常に戻れた……」

口論にもなる。男はやがて、閑職へおいやられた。へんな客が一日おきぐらいにやってきて、わけのわからない会話をし、言いあいになっている。ほかの者たちの、仕事のさまたげになる。それが理由だった。

医者はそこへもたずねてくる。

「なにか思い出して、教えてくれ」

「どうも未来がうまく思い出せない。なにかおかしい。第一、こんな閑職へ移るはずじゃなかったのに。やはり、過去を変えたのがいけなかったのかもしれない。治療していただいたことは感謝していますよ。しかし、それで先生との関連ができた。わたしの人生に、先生という要素が加わったのです。だから、わたしの人生も変ったものになったのです。つまり、べつな未来へ進んでいるというわけですよ」

「こっちのせいにしやがる。こんなことなら、苦心してなおすんじゃなかった。ばかをみた」

医者はもう行く気にならなくなった。一か月ほどし、反対に、男のほうが医者を訪れた。

「ごぶさたしました。じつは、あれからいろいろと考えてみたのですが……」

「なにか未来を思い出したか」

「それについては、だめです。きょううかがったのは、べつなことで……」

「なんだ」

「人体に寿命というものがあるからには、人生が変っても、よほどの不運にあわない限り、それまでは生きるわけでしょう」

「まあ、そういっていいだろうな」

「すると、わたしは、まだ五年は確実だ」

「けっこうなことだよ。いいじゃないか」

「しかし、発病しやすい体質というものもあるわけでしょう。五年ばかりのちに、また夢のなかで、あの〝まわれ右〟の声を聞くのではないでしょうか。それを考えると、心配で、心配で……」

「勝手に心配するんだな。もう、わたしは知らないよ。知ったことか」

品種改良

ある日の夕方。エヌ博士の研究所に、アール氏がたずねてきた。アール氏とは、この研究所の最大にして唯一の応援者だった。ていねいに応対しなければならない。

「これはこれは。わざわざ、おいで下さるとは。ご用でしたら、こちらから出かけましたのに……」

とエヌ博士が迎えると、アール氏は早口でしゃべりはじめた。だいぶ興奮しているらしい。

「いったい、研究のほうは、どうなっているのだ」

「はい。順調でございます」

「そんな、のんびりしたことでは困る。いいか、きみはわたしと約束した。不老長寿の分野の開発については、確信があると。また、研究を十年間だけ応援してくれれば、必ず完成してごらんにいれますとも。わたしは期待し、きみを信用し、必要だという品の購入を、すべて無条件で許してきた。放射線照射器をはじめとする各種の装置から、さまざまな実験用の動物、植物、薬品などだ。いままでに相当な金額をつぎこんだことになる」

「はい。わかっております」

「さっき、とつぜん気がついたのだが、その十年がたった。そこで、急いでやってきたのだ。さあ、結果を知らせてもらおう。成功だったら、いくらでも報酬を払う。しかし、だめだったのなら、この研究所はただちに廃止だ」

エヌ博士はすぐには答えず、ちょっと首をかしげた。すると、どういう順序で告げるべきか、最も適切な発表の方法が頭に浮かんできた。

「ごもっともです。わたしも約束をはたすべく努力してきました。そして、しばらく前に完成いたしました」

この簡潔な言葉に、アール氏は目を丸くした。彼は深い息をついてから言った。

「そうだったのか。さすがはきみだ。わたしが見こんだだけのことはあった。しかし、ひとが悪いな。すぐに知らせてくれればいいのに」

「わたしの立場では、軽々しい報告はできません。作用の確実なことをたしかめてみる日時も必要でした」

「それもそうだな。いかに不老長寿の薬でも、有害な副作用があっては困る。いや、それがないからこそ不老長寿というべきなのだろうな。まあ、いい。その実物を早く見せてくれ」

「お待ち下さい」

とエヌ博士は立ちあがり、そばの戸棚からビンを出してきた。なかには、茶色っぽい粒がいくつも入っている。アール氏はそれを見つめ、感想を口にした。

「なんとなく、うすぎたない丸薬だな。しかし、外観で判断すべきものではあるまい。問題は効果だ。はたして役に立つのか」

「わたしの理論にまちがいはありません。また〝事実の裏付け〟もあります。一年ほど前、わたしが研究に熱中しすぎたため、からだが弱ってしまった時のことをご記憶でしょう。いまのわたしとくらべて見て下さい」

アール氏は、さっきの興奮から、いくらかさめていた。彼はエヌ博士をしげしげと眺めながら言った。

「うむ。たしかに、見ちがえるようだ。血色もよく、体重もふえたようだ。若々しくなっている」

「あのころは血圧も高く、心臓や消化器をはじめ、いたるところ故障だらけでした。医者の診断だと、そう長くはもつまいとのことでした。それでわたしも、一部の検討を省略し、大急ぎで服用したのです。はじめて飲むまでには、大変な勇気と決断がいりましたよ。しかし、みるみる回復にむかいました。医者に診察させたら、信じられぬ現象だと考えこんでしまいました。これが立派な証明になりましょう」

エヌ博士は医者の診断書を二枚、机の上に並べた。ひとつは服用前、ひとつは服用後のだった。

「よくわかった。さっそく、わたしも飲むとしよう。きみの身をもっての実験のおかげで、わたしはべつに勇気も決断もなしに、楽しく飲むことができる」

アール氏はビンの栓をはずし、その一粒を口に入れ、コップの水で飲みこんだ。さらに何粒かを飲もうとしたが、エヌ博士はそれをとめた。

「一粒でおやめ下さい」

「なぜだ。たくさん飲んだほうが、効果も強いわけだろう。また、副作用はないという説明だった。それとも、服用法でもあるのか」

「いえ、一粒だけ飲めばいいのです。あとは永久に飲む必要がありません」

「わけがわからん。不老長寿の秘薬なら、もっとありがたみのある服用法となりそうな気がする。あまりに簡単だ。いったい、どんな作用なのだ。くわしい説明をしてくれ」

エヌ博士の頭には、この場ですぐに説明しないほうがよさそうだ、との考えが浮かんだ。

「もちろん、ご説明いたします。しかし、長くなりますし、今夜は時刻もおそくなりました。明日ゆっくり、ということでは、いかがでしょう」

「それでもいい。研究は完成したのだし、もう、あわてることはないわけだ」

アール氏は承知し帰っていった。

そして、つぎの朝。待ちかねたようにやってきて言った。

「昨夜は、うれしくて眠れなかった。けさも早く目が覚めた。さあ、早く教えてくれ」

「そうでしたか。いかがでしょう、ご気分は」

「気のせいかもしれないが、非常にぐあいがいい。気のせいだけでないと知れば、さらにさっぱりするだろう」

エヌ博士はうなずいた。もう説明に移ってもいいだろうとの判断が、頭に浮かんできたからだった。

「では、順を追ってお話ししましょう。人間の腸内には、役に立つ働きをする微生物が存在しています」

「そんな話は聞いたことがある。というと、乳酸菌製剤のようなものか」

「まあ、先走らずにお聞き下さい。わたしはそれにヒントを得て、品種改良を試みたのです。放射線を当てたり、薬品で刺激したりして、完全な新種を作るのに成功したわけです」

「どんな微生物だ」

とアール氏は質問した。エヌ博士はためらいを感じた。だが、発表すべきだという意志が高まり、それに従った。

「微生物ではありません。回虫です」

「なんだと」

アール氏は顔をしかめたが、ここで叫んではいけないとの考えが、それを押さえた。

「ええ、そうなのです。いままでの回虫は人体に害のみを与え、ろくなことはしなかった。これは回虫にとって損な、じつにおろかな行為です。わたしはかしこい回虫にすべく、品種改良をやったのです。犯罪者を更生させ、社会に参加させた偉大な教育者といった気分は、こんなものでしょう」

「まあ、感想はそれくらいでいい。で、そうすると、どうなるのだ」

「利口になれば、気がつくはずです。人体に害を与えて共倒れになるのは、結局は自分に不利だと。それどころか、できるだけ長く生かすための努力をするはずです。人体に故障した部分があれば、それを修理するために、適当な液を分泌《ぶんぴつ》したりするはずです。いや、はずでなく、事実、それでわたしはこう若々しくなったのです」

「なるほど。われわれ人間が、自分の果樹園に肥料や殺虫剤や植物ホルモンなどを与えるようなものだな。いいアイデアかもしれぬ。その分泌液を抽出し、集めて丸薬にしたというわけか」

「そうも考えましたが、それだと飲みつづけなければならず、不便です。もっとよい方法がありました。つまり、あの丸い粒はその卵です」

「なんだと……」

アール氏は大声をあげようとしたが、思いとどまる力のほうが強かった。自分が果樹にされるという、屈辱感も、それほど高まってこなかった。彼はこう聞いた。

「……ひとつ、どんな回虫なのか見たいものだな」

「これです。成長が早く、卵は一晩でかえり、すぐこれくらいになります」

エヌ博士はアルコールづけの標本を持ってきた。なかにはそれが入っている。細長く、みにくく、しわが表面をおおっていて、細かい触手のようなものが多く、うすぎたない色をして、グロテスクな形だった。静止していてこれだから、これがうごめく時の姿を想像したら、ふつうではとても正視できるものではない。アール氏の頭に、反射的に血がのぼってきた。しかし、その血は、これを嫌悪してはいけないとの考えを運びあげてきたのだ。彼は言った。

「そう悪くないな」

エヌ博士のほうは、もっと度が進んでいた。

「いまに、もっと好きになりますよ。美と完成の極致です」

「まもなくわたしも、そう思うようになりそうな予感がする。いずれにせよ、すばらしい発見だ。われわれだけの秘密にしておくことは許されない。その卵をふやし、できるだけ多くの人びとに広めなければならない」

アール氏は目を輝かせて、力強く叫んだ。それはまさに心の底から、いや、腹の底からこみあげる衝動が、言葉となってあらわれたものにちがいなかった。

門のある家

午後の五時半ごろ、ひとりの青年が落胆したような足どりで歩いていた。三十歳。順一という名で、つとめ先からの帰宅の途中だった。正確にいうと、会社の帰りに伯《お》父《じ》の家に寄り、そこを出てきたところだった。

彼は一昨日の夜、友人たちと盛り場で飲み、大いに遊んだ。その結果として、金がまるでなくなってしまった。給料日まで、まだ何日もある。といって、会社から前借りをすると、あいつは金銭にルーズらしいと思われかねない。すでに、たびたびそれをやっているのだ。そこで、伯父の家に寄ったというわけだった。

しかし、金策は不成功。それどころか、反対に説教された。

「そういう心がけではいかんな、順一。若いうちならまだしも、三十歳という、いいとしになって、そんなことでは。下宿のひとり暮しというのがよくないのだ」

「はあ……」

「いいかげんで、身をかためるべきだ。独身でいるから、くだらぬことに金を使ってしまうのだ。真剣に今後の生活設計を考えてみろ」

「はい。そうしますから、きょうのところは、少しでもいいからお貸しを……」

「だめだ。金を貸すと、おまえがまた安易な気分になる。たまには苦しんでみろ。苦しみのなかから、真剣さがうまれてくるのだ。これも、おまえのことを思えばこそだ」

「はあ、では、そういたします」

結局、金を借りられなかった。まだ明るい時間なのに、下宿をめざさなければならなかった。わかりきった説教を聞かされるぐらい、いやなことはない。反論ができないので、胸にもやもやがたまり、面白くない。どこかで一杯やって発散させたい気分だが、そんな金はないのだ。なにやら口のなかでつぶやく以外に、できることはなかった。

そんな精神状態だったせいか、青年は駅へ曲る道をまちがえ、これまであまり来たことのないところへ歩いてきてしまった。

そのあたりは住宅地だった。かなり高級な住宅地。こういったところに住む人びとは、おたがいあまり近所づきあいなどせず、それぞれ独自な余裕のある生活をしているのだろう。そんな生活も、世の中には存在しているのだろうな。

そう考えると、ちょっとしゃくだったが、散歩するにはいい一帯だった。静かで、ごみごみしたところがなく、想像力をかきたてられる。団地などだと、住人たちの生活が紹介されすぎているせいか、内部を知りたいとの気がおこらない。だが、高級住宅となると、どんな生活がおこなわれているのか、まるで見当がつかない。なぞの密度が高いのだ。

そんな一軒の前で、青年は足をとめた。それだけの価値はあった。まさに、これこそ邸宅という感じだった。とくに豪壮というわけではなかったが、古く、どっしりとしていて、大地に根をおろしているようだった。二階建てで、外見は洋風だった。資材を好きなように選べ、手間をたっぷりつぎこむことが可能だった時代に作られた建物。合成材料を使用した実用だけが目的の新しい家とは、本質的にちがっていた。どう形容したものか。貫録の差とでも呼ぶべきだろうか。

へいはそう高くなく、青年は背が高かった。かなり広い庭には、何本も樹があった。そのうちの一本は、とくに大きかった。葉がしげっていて、そのため建物はあらわに日光を受けることなく、陰影にとんだものとなっていた。時の流れは、建物と樹とをぴったり調和させていた。樹はここにこれだけの大きさで存在しなければならぬのだし、建物はこのような形でここになければならない。そうとしか思えなかった。

門の柱には、西という姓をしるした門標がついていた。門の扉は鉄格子でできていた。そのため、へい越し以上になかをよく見ることができた。掃除がゆきとどいている。建物のそばを、黒っぽいネコがゆっくりと歩いていた。人の声はしていなかった。門の鉄格子は、少しだけ開いていた。犬を飼っていないようだな。犬がいるのだったら、ここから出ていってしまうだろう。また、ネコもああ歩いてはいられまい。そんなことを考えながら、青年は門のなかに一歩だけ入ってみた。こういう屋敷の内側なるものを、からだで感じてみたかったのだ。そう誘惑するなにかがあった。

ふと、いいかおりがした。少し先の小さな木に咲いている白い花のものらしかった。それにつられ、思わず三歩ほど進む。どこからともなく、女の声がした。

「あら……」

青年がそっちをむくと、二十五歳ぐらいの女がいた。清潔なふだん着を身につけていた。派手とか品のなさとか悪趣味とか、そういうものがまるでなく、この建物の光景にぴったりの服装だった。細おもてで色の白い顔には、親しげな表情を浮かべていた。

青年は立ちどまった。あわててはいけない。急いで逃げたりすると、怪しまれるだけだ。落ち着いて、なにか話しかければいいのだ。ここでなら、いかにも育ちのよさを感じさせるといった会話が、自分にもできそうな気がした。しかし、どうあいさつしたものかまでは思いつかなかった。すると、女のほうが言った。

「あなた、どこへ行ってらっしゃったの」

「え、つまり、その……」

予想もしなかった応対に、青年はとまどった。女はいたずらっぽく笑う。

「うまいいいわけの言葉が思いつかないのじゃございませんの……」

軽く走るように近よってきた女は、青年の手を引っぱって、玄関のなかへと導いた。

「ほら、スリッパよ、真二郎さん……」

広い廊下も、よく掃除がされていた。

「さあ、着がえをなさって……」

上着がとられ薄いセーターを着せられた。

「さあ、ここでゆっくりなさって……」

洋風の居間の椅子は、やわらかく彼のからだを迎えた。ぴったりのすわりごこちだった。住みなれたところ。そんな思いが、彼の緊張を少しずつほぐしていった。

「紅茶をいれてきましたわ」

女はそれを彼の前のテーブルの上におき、自分もまた飲んだ。なにもかも、なれた口調と動作だった。女はだまったまま、うれしそうに笑っていた。芝居めいたところは、まったくなかった。その目には、近視らしいところも、狂気を感じさせるものもなかった。そのあと、女は洋酒を持ってきた。

「お夕食まえに、お酒をあがるんでしたわね。あたしも少しいただこうかしら。でも、どこへ行ってらっしゃったの……」

「それが、じつは……」

どう答えればいいのだろう。しかし、女はその質問を取り消した。

「いいのよ、おっしゃらなくても。べつに、あなたを困らせるつもりはありませんの。あなたに帰ってきていただければ、あたし、それでいいの……」

テーブルの上には、どうぞ一服といわんばかりに、タバコのセットがあった。青年はそれを手にして吸う。自分が指示してそこにおかせておいたような気分だった。

「お食事でございます」

女中があらわれ、ていねいな口調でそう告げて戻っていった。青年は女のあとについて廊下を歩き、洋間の食堂へと入った。天井から古風なシャンデリアがさがっていた。それは明るすぎも暗すぎもせず、部屋にぴったりだった。六十歳ほどの婦人が、さきに食卓の椅子のひとつにかけていた。それにむかって女が言った。

「おかあさま、真二郎さんが帰っていらっしゃいましたの」

「それはよろしゅうございました……」

老婦人はうなずき、青年に言う。

「……しかし、真二郎さん。あまりはめをおはずしになっては困ります。あなたは、この友子と結婚して、この西家の養子となった人です。心のなかには、いろいろとご不満なこともございましょう。それについては、わからないでもありません。でも、できれば、ほどほどになさって下さい」

「はい。そういたします」

答えながら、青年は自分のなすべき役を知った。どうやら、若い女は友子という名で、老婦人はその母。友子と結婚し、この西家の養子となったのが真二郎。それが自分の立場のようだ。

青年はともに食事をした。上品な食器ばかりだった。高級な料理とはいえないが、どれもすなおな味で、お義理でむりに口に押し込まなければならないといったものはなかった。あまり会話はなかった。この部屋においては、食事中のおしゃべりは不作法で、似つかわしいものでないのだ。

といって、かたくるしい空気もなかった。青年は自分が異分子でなく、この家族の一員のような気になってきた。それは願望のあらわれかもしれなかったが。

いずれにせよ、きょうは下宿に帰っても、金がなく、どうしようもないのだ。だが、ここには酒があり、ごちそうがあり、それに好奇心をくすぐるものがある。

食事のあと、青年は居間に戻り、友子に言った。

「もっと酒を飲んでもいいかい」

「お好きなだけ、おあがりなさいませ。もっとお酔いになりたいんでしょう。いま氷を持ってまいりますわ……」

友子は酒をつぎながら言った。

「……さっきは、おかあさまがあんなことを口にしましたけど、気になさらないでね。あなたのことを、本当の息子のように心配なさっているからなの。あなたはここの当主なんですものね。だから、つい……」

「わかってるよ……」

青年はグラスを重ねた。じつは、なにひとつわかっていない。わかっているのは、時間がたてばたつほど、いごこちがよくなってしまうという点。この魔力のようなものは、なんなのだ。

巧妙にしくまれた、わななのだろうか。しかし、手間をかけて自分を没落させようとするやつがあるとは思えない。しぼり取られるほどのものなど、持っていない。となると、なにかに利用されているのか。それだったら、ことが終るまでは安全といえるだろう。友子や老婦人から、計画的なものを感じとることはできないが……。

青年はもっとここにいたかったのだ。わからないまま酒を飲み、酔いつぶれた。友子が介抱してくれた。

「さあ、寝室へまいりましょう」

なにもかも自然のうちに進行した。二人はベッドをともにした。結婚しているのだから、どうこういうことではない。そんな印象だった。そのあと、青年は眠った。不安にうなされることのない、やすらかな眠りだった。

つぎの朝、青年はめざめる。時計を見て、あわてておきあがる。友子が言った。

「なにをそわそわなさっていらっしゃるの」

「出かけなければ……」

「いやですわ、そんなの。きのう帰っていらっしゃったばかりじゃないの。しばらく、うちにおいでになってよ。真二郎さんはここの当主、あまり軽々しく出歩いたりなさらないほうがいいの。どうしても行かなければならないご用事なら、べつですけど……」

友子の顔には、行かないでとの願いがこもっていた。青年はうなずく。どうしても行かなければならない用事か。なるほど、そんなものはないのだと気づいた。会社とこの家とをくらべれば、このほうがどんなに魅力的なことか。自分はここにいるべきなのだ。その思いがからだのなかにひろがっていった。

「そうだったな。当分でかけないよ」

「うれしいわ……」

かくして、青年はこの家の一員となった。テレビはあったが、つける気にならなかった。この家の空気に似つかわしくないのだ。レコードをかけ、美しい音楽を聞くほうがよかった。

書棚にはたくさんの本があった。そのなかの一冊を抜き出し、書斎のがっしりした机で読むのもよかった。外国の古典の長編小説だが、しぜんとその世界に入ってゆけた。頭を休めたければ、やわらかな長椅子に横になればいい。時間は静かに流れてゆく。

気分を変えたければ、庭を歩けばいい。広大な庭というわけではなかったが、池だの築山《つきやま》だの樹の配置によって、空間のひろがりを感じさせられる。

ゆっくりと歩いていると、そばに木の枝が落ちてきた。軽い叫びをあげてそれをよけると、上のほうで人のけはいがした。樹にたてかけてあるはしごをおりてきた五十歳ぐらいの男が、頭を下げて言った。

「申し訳ございません、旦那《だんな》さま。樹の手入れに気をとられ、下のほうまで注意が……」

「いいよ、そうあやまらなくても」

青年が家に入りかけると、女中が言った。

「下男の島吉が、なにか失礼なことでも……」

「いや、たいしたことじゃ……」

答えながら青年は、あれが下男だったのかと知った。これだけの家だ。たえず手入れをしていなければ、たちまち荒れはててしまうだろう。しかし、いまどき下男をやとっているとは、ぜいたくなものだな。それにしても、よく下男になる気の人がいたものだ。それを察してか、女中が言った。

「あの島吉のおやじさんが、この家の建築をむかしやったのです。そんな縁で、ここに住みこんでしまいましてね。この家には、死んだおやじの面影が残っているなんて申してまして、よく働いてくれています。そのあいまに小説を書くのだとか言ってますが、そのほうはちっとも進まないみたい。小説の筋を考えてか、時どき、ぼんやりしたりして……」

「そういうことも、あるだろうな」

彼には島吉の気分がわかるような気がした。この家には、人をひきつけるものがある。世の中には、都会をのがれて海や山へ行きたがる者も多い。しかし、行った先でまた混雑というのなら、もっとべつな脱出先を考えたほうが利口というものだ。たとえば、ここだ。空間的な脱出でなく、時間的な、いや、それともちょっとちがう。なんというか、ここは住みごこちのいい小宇宙なのだ。

島吉の生き方が、青年にはいやに高尚なものに思えてきた。あとで島吉から聞いて知ったのだが、あの女中にも、ここにいるそれなりの理由があった。やはりこの環境を愛しているのだ。

それは自分にも許されていることではないか。青年はここの生活を楽しむことにした。書棚にある画集をながめたり、中国の古い詩の本を開いたりした。時間をかければ、すぐれたもののよさは解説不要で伝わってくる。そして、その時間なら、ここにはたっぷりあるのだ。

妻の友子も好ましかった。養子だという立場を意識して、青年はいばることなどしなかった。その内心を察しているかのように、友子もやさしさのこもった従順さでつくした。それがあいまって、二人の仲はこまやかだった。感情が嵐のようになることはなく、春の細い雨のように、しっとりと心がかよいあっていた。いごこちのよさへの適応はたやすい。青年はここにいついた。ずっと前から、養子となってここにいるような気がしていた。自分を順一でなく、西家の真二郎だと思うことのほうが多くなっていた。そうなっていけない理由が、どこにある。ぼろを出すまいとの注意も不要。すべてが自然と身についた。

この家は名門で、あくせく働かなくても生活していけることがわかってきた。また、そう金を使うこともなかった。旅行へ出かけなくてもいい。ここには、すばらしいやすらぎがある。新奇な流行を追って買物をすることもない。家のなかにあるものは、すべてぴったりで、買いかえる必要などない。他人への虚栄心のための出費もない。ここにいれば他人に会うこともないのだ。この家、それ以上の友人など、ないのではなかろうか。

事件らしい事件もなく、日がすぎていった。

ある日、老婦人が言った。

「おとうさまの墓参りに出かけてきます。るすをよろしくたのみますよ」

「はい。いってらっしゃいませ」

と青年は送り出す。老婦人は外出していった。しかし、その日の夜になっても帰ってこなかった。

　そのつぎの日も同様。三日目の朝になって、青年は気がかりな口調で友子に言った。

「なかなか帰っていらっしゃらないけど、どうなさったのだろう。なんとなく心配だな」

「でも、こういうこと、まえにもあったじゃないの。そのうち帰っていらっしゃるわよ」

「そうだったな」

　そんなような気になってくるのだった。しかし、青年は落ち着かなかった。この家には、友子の母の老婦人がいなければならないのだ。当然、存在すべきもの。それが欠けていることからくる、いらいらした気分だった。飾りのない床の間、鯉や金魚のいない池、そんなような感じだった。

　五日ほどたった午後、玄関のほうで友子の声がした。

「おかえりなさいませ……」

　それから、青年を呼ぶ声。

「……あなた、おかあさまがお帰りになりましたわよ」

　青年は玄関へ行った。老婦人がそこにいた。友子が手を貸し、いたわりながら部屋へ連れていっていた。墓参へ出かける前にくらべ、白髪がへり、背もいくらか低くなり、顔つきもちがっていた。出かけたのとはちがう人だった。

しかし、別人だからどうだというのだ。不在中、空白による不安感を味わわされたのだ。青年は老婦人に言った。

「こんなことを申しあげたくはないのですが、わたしたち心配のしつづけでした。困ります。よそへおとまりになる時は、ご連絡ぐらいしていただかないと……」

「でも、いろいろつごうがあってね……」

口ごもる老婦人に、友子が言った。

「それはわかります。なさりたいようになさるのは、けっこうです。だけど、留守中あたしたちが心配していることも、考えて下さらないと……」

「これからはそうします」

老婦人は、しばらく恐縮していた。自分のいたらなかったことを反省しているのだろう。しかし、日がたつにつれ、貫録をとり戻していった。そうでなければならないのだ。

ある日、来客があった。老紳士だった。老婦人の夫、すなわち友子の亡父と生前に親しかったという人で、三人にむかって思い出話をしていった。

「立派なかたでしたな。経営者として一流でいらっしゃりながら、教養がおありだった。なにしろ、気骨といったものが一本、ちゃんと通っておいででした。静かななかに、強いものをひめたかたでしたな。このお屋敷は、ほんとになつかしい。いろいろなことが思い出されます。あ、これは旅行先で買ってきた、お菓子です……」

と包みを出し、ひとしきりしゃべって帰っていった。友子はあとで青年に言う。

「あのかた、いついらっしゃっても、おんなじお話ばかりね。まじめでいい人なんですけど」

「ああ。そのお菓子、ひとつ食べようかな」

平穏な毎日がすぎていった。老婦人はいい母であり、友子はいい娘であった。青年はいい養子であり、友子にとってはいい夫だった。女中も下男もまじめに働き、すべてがいい家風を作りあげていた。家風がみなをそのようにしているともいえた。だれもが家を愛していた。

友子が青年に言った。

「あたし、出かけてきていいかしら。高校の時の同窓会があるの。行くなとおっしゃるのなら、やめますけど……」

「行きたいのなら、とめはしないよ。しかし、気をつけてくれよ。家を忘れないでもらいたいな」

「なにおっしゃるのよ。変な冗談はおよしになってよ」

「悪かった。あやまるよ。おそくなるようだったら、連絡してもらいたいな」

「ええ、わかっておりますわ」

友子は出かけていった。青年の心配は現実となった。夕食の時になっても、帰宅しなかった。青年は老婦人と二人だけで食事をしなければならなかった。彼は言った。

「友子の帰るのがおそいようですね。なにかあったのでは……」

「いずれ帰りましょう。あの子には、ちょっとわがままなところがあります。家つき娘ですからね。そのことで、真二郎さん、あなたにいやな思いをさせているのではないでしょうか。そうだとしたら、母であるわたくしから、あらためておわびいたします」

「いいんですよ。そんなことはございません」

「それにしても、友子は勝手すぎます。帰ってきましたら、真二郎さん、少し強く言ってやって下さい」

「しかし……」

「それがいけないんじゃないでしょうか。たまにはきつく言って下さい。あのとしになって、親のわたくしが注意するのは、ちょっとおかしいことですものね……」

「そういたしましょうか」

青年と老婦人とは笑いあった。その夜、彼はひとりですごした。さびしかった。友子は、この家になくてはならぬ存在なのだ。

つぎの日も、友子は帰らなかった。空虚さにたえられなくなり、彼は夕方から酒を飲みつづけだった。夜、夢を見た。わけのわからない夢だった。それで目ざめ、友子はいないのだと気づき、また酒を飲んだ。

そのため、その翌日は二日酔いのきみだった。午後、門に人のけはいがした。首をかしげながら入ってくる女を、青年はぼんやりみつめていた。それにつづいて、老婦人の声がした。

「なんということです。結婚していながら、勝手に家をあけるなんて。よその家の者ならともかく、この西の家で、そのようなことは許されません」

「ごめんなさい。おかあさま。つい……」

「ついなんて言葉で、すむことではございませんよ。早く真二郎さんのところへいって、あやまるのです」

「はい。もう決して、こんなことはいたしません」

友子が青年のところへやってきて言った。

「あなた、帰るのがおそくなってしまって、ごめんなさい」

青年は迎えた。髪が長くなり、笑ってもえくぼができなくなり、そのかわり目の横に小さいほくろがくっついていた。同窓会へ行くと言って出ていった友子とはちがっていた。しかし、ちがっていたっていい。とにかく、友子が帰ってきさえすればいいのだった。この家に帰ってきたからには、友子なのだ。

「あやまることはないよ。もちろん、いろいろと文句を言うつもりでいた。しかし、ぶじで帰ってきたのをみたら、もうなにも言えなくなってしまったよ」

その夜、青年は友子とベッドをともにした。

数日は、気まずい空気もいくらかは残っていた。夫にだまって家をあけ、帰ってきたのだから当然だろう。しかし、それもやがておさまり、老婦人、友子、青年のなごやかな日常が戻ってきた。

それからひと月ぐらいたった日だったろうか。ひとりの訪問者があった。三十歳ぐらいの貧相な男。女中が青年にとりついだ。

「旦那《だんな》さま。花五郎さんがみえ、また、お金を少し貸していただきたいとか。ほんとに、困った親類のかたでございます」

「そうか。そういえば、そんな話を聞いたことがあったな。友子の叔母《おば》にあたる人の、義理の弟の子とかいってたな」

「はい……」

「どこの家にも、困った親類というのはいるものだ。はっきりさせておいたほうがいい。ぼくが話してみる……」

青年は玄関に出て言った。

「……あなたは、友子の叔母の夫につながるかただそうですな。このあいだ、古い書類を出して見てみました。友子の父が死んだ時、妹である叔母のほうにも遺産の一部が渡されている。ここで問題は片づいているはずです。そのあと、その叔母もなくなり、その金をもとに、あなたの父上がなにか事業をやられたとか……」

「はい。その仕事については、いろいろな事情もありまして……」

「それは、なにかあったかもしれません。しかし、それに関してここへ泣きついてこられては困ります。あなたは、西家とは血のつながりのないかたです。おわかりいただけますか。養子となってこの家に来たからには、いまはぼくがこの西家の当主です。この家をまもる責任ある立場にあります。そのようなお話にいちいち応じていたら、ここは没落の道をたどってしまいます。もっとも、なにか請求なさる正当な根拠がおありでしたら、べつですが……」

「いえ、そんなつもりはありません。だけど、どうにも金のつごうがつかなくて、ほかに行くあてもなく……」

その花五郎という男に、青年は声をひそめて言う。

「いまお話ししたのは理屈です。しかし、つめたく追い返したとあっては、西家の評判にもかかわりましょう。ぼくのポケット・マネーをいくらかあげます。妻と母には内緒です。これでお帰りねがいます」

青年はいくらかの金を包んで渡した。花五郎は頭を下げる。

「ありがとうございます。あなたは、よくできたおかただ。これなら、西家はいつまでも安泰です。わたしだって、こんな話をしには来たくなかった。どうにもならなくて……」

くどいほどお礼をくりかえし、帰っていった。そのあと、青年は友子と老婦人とに、花五郎の件は片づいたと報告した。彼女たちはほっとし、あらためて彼をみつめた。その目には、たのもしい人だとの尊敬の念がこもっていた。このことがあってから、友子の外泊以来かすかに残っていた感情のすきまも消え、みなのあいだは一段と親密になった。

青年は外出しなかった。する必要もないし、する気にもならなかった。女中の作る料理は口にあっているし、下男は庭や家の手入れをつづけ、住みごこちのよさをたもってくれている。

窓からさしこむ日の光は、ほどよい明るさで、内部にぴったりとあっていた。読むべき本はいくらもあった。運動不足だなと感じたら、庭へ出てゴルフのクラブを振ればよかった。

数か月おきに、財産管理人というのがやってくる。近くに住む弁護士で、六十歳ぐらいの男だった。報告書を出して青年に言う。

「こういうことになっております。お使いになってよろしいお金は、これだけございます」

「ぼくはよくわからない。おいおい勉強することにしましょう。しかし、先生におまかせしておけばまったく安心となると、なかなかその気になれなくて……」

「ご信頼におこたえ申していることは、いうまでもありません。わたしは、ご当家とは、先代からのおつきあいです。そのことは、息子にもよく言ってきかせてあります。息子も弁護士の資格をとりまして、最近はなかなかよくやってくれています。では、お金をお渡しいたします。ここに印をお押し下さい」

「印鑑ね。どこだったかな。そうそう、机のひきだしだったな。はい、これでよろしいでしょうか」

「けっこうでございます。では、またそのうちまいります」

その男は帰っていった。青年はおいていった金の一部を机にしまい、あとは友子に渡す。家計の支出をやるのは妻なのだ。机にしまった金は、花五郎のようなのにそなえてのものだった。小遣いといっても、外出しないのだから、まるで不要だった。

報告書なるものをのぞいてみる。かりに有価証券や不動産を処分するとしたら、かなりの額になる。しかし、それは仮定の話で、そんな気にはならなかった。さしせまって大金が入用ということはなかった。この家、この生活、それを捨てて大金を手にしたって、いま以上の使い道などあるわけがない。現状こそ、最良の形のわが財産なのだ。

女中が出ていって戻らず、二日ほど友子が料理を作った。母の老婦人といっしょに、楽しげに作った。西家の伝統の味の料理だった。女中が戻ってきた。別人ではあるが、むかしからこの家にいる女中なのだ。

住込みの下男が帰ってこないこともあった。しかし、これも三日ほどすると、ちょっと開いている門から戻ってきた。もちろん顔やからだつきは出て行く前と変っているが、この家を建築した大工の息子で、この建物と庭とに限りない愛情を持っている島吉という男である点に変りない。これでいいのだろうか。そんな思いが青年の心をかすめたが、すぐに消えていった。

ある日、青年は書斎の机の位置を少しずらした。そのほうが自分の好みにあうようだったからだ。それに気づいて、友子が言った。

「あら、だめよ。もとの場所にしておかなくては……」

「こう変えたほうがいいと思うがな」

「いけませんわ。この家のしきたりというものがございます」

「しかし、これぐらいのことは……」

「これぐらいということをみとめたら、とめどなく変りはじめてしまいます。守るべきことのけじめは、はっきりさせておかなくてはいけません」

おたがいにゆずらず、口論になった。ほかのことではすなおな友子も、これについては強硬だった。

「真二郎さんも、西家の人となったからには、そうしていただかないと……」

「どうも不満だ。ちょっと酒を飲みに出てくる」

話が養子という点におよんだので、つい反発したくなった。なにかで気分を変えなければならない。青年は久しぶりに、ほんとに久しぶりに門を出た。

しかし、あいにくとこのあたりは住宅地。そのような店はなかった。歩きつづけ、商店街を抜ける。ふりかえっても、もう家も樹も見えなくなっていた。

やっと小さなバーをみつけて入る。一杯の酒を飲み、青年は気づく。自分は西家の真二郎などではなく、順一という名の、つまらない会社づとめの、たいした月給をとっていない独身の男なのだということに。もう、あの家の持つ、目に見えぬ力からみはなされてしまったことを知る。

つぎの日から、彼は順一としての以前の生活に戻った。無断で長期欠勤をしたことをとがめられたが、記憶喪失症にかかっていたと答えたら、それ以上の追及はされなかった。人手不足の時であり、べつに会社に損害をおよぼしたわけでもなかったので、もとの仕事につけた。もっとも、昇給がおくれ、ボーナスがへらされることにはなるだろうが。

時どき、あの家での生活を思い出す。どういうことだったのだろう。夢としかいいようがない。なにかにとりつかれていたのだろうか。しかし、あのほうが正常なのではないかとも思えるのだった。

あそこには秩序があった。すべてに存在の価値と、存在する必要性とがあった。建物も、庭も、庭の樹も、内部の家具にも。また、住んでいる人たちも、それぞれ、自分がどういう立場にあり、どうあるべきか、それを知っていた。だから、なにもかもうまくいっていた。

誇りがあり、けじめがあり、礼儀があった。美しいといっていいほどの、みごとな調和があった。必然性のあるものばかりで構成された集合体……。

そんなことまで青年は考えもしなかった。なつかしく思い出すだけ。ずいぶんと本を読んだり名曲を聞いたりしたようだったが、なにもかも忘れてしまった。教養めいたものは、服をぬがされたように、どこかへ消えてしまっている。残っているのは、なつかしさだけなのだ。

あの生活へ、ふたたび戻ることはできないものだろうか。それが不可能なことは、説明なしで彼にわかっていた。家や樹の見えた商店街あたりで引きかえせば、戻れたかもしれない。だが、さらに離れて、自分が順一だと気づいてしまっては、もはや終りなのだ。

青年はあきらめきれず、なつかしさがつのるたびに、その家の前まで行ってみる。

しかし、いつも門はしまっていた。入ることを拒否するかのように。それがたび重なり、彼はあきらめなければならないことを思い知らされた。

数か月がすぎ、青年は金に困った状態におちいった。伯父のところへ行ったが、断わられた。

だめとは思いながらも、つい足は西家のほうにむいてしまった。なんとか、たのんでみよう。友子も、自分のことを少しはおぼえていてくれるのではないだろうか。へいを乗り越えてでも入ってみよう。

その日、門はいつかのように少しだけ開いていた。彼はなかへ入ることができた。玄関へたどりつき声をあげる。

「ごめん下さい」

女中が出てきた。記憶にない顔だった。

「しばらくお待ち下さい」

待っていると、男があらわれた。三十歳ぐらいで、落ち着いていた。そして、言った。

「花五郎さんでしたね。友子の叔母のほうの親類のかたとかうかがってます。わたしが真二郎です……」

そう話しかけられると、青年は自分が花五郎なる人物のような気になってしまうのだった。その会話をすることが、ここちよかった。頭がしぜんにさがり、声が出る。

「すみません。ここにうかがう以外に、ほかに方法がなくて……」

「ぼくのポケット・マネーで、少しだけお貸ししましょう……」

金をもらって、門を出る。しばらくのあいだ、青年は花五郎だった。しかし、下宿へ帰りつくと、順一となった。手ににぎりしめていた金は、消えずに残っていた。それによって、どうにもならない借金を、なんとかかえすことができた。

一年ほどたち、青年は婚約した。分不相応な野心はあきらめ、平凡な人生をたどることにきめた。婚約者は感じのいい女だった。うまくやってゆけるだろう。

その婚約者に、彼はあの説明しがたい体験を話した。

「なんだか、いまだに夢のようなことさ」

「ふしぎねえ。とても信じられないわ。幻覚かなんかじゃないの。人間には、しなかったことを、したような気分で思い出に作りあげてしまうことがあるわ。あたし、子供のころに川のそばに住んでたような気がするんだけど、事実はそうじゃないの」

「そういうのともちがうんだな、ぼくの場合は。本当にそこで暮したんだ。だからこそ、いまだに奇妙でならないのさ」

「どこの家なの。連れてって見せてよ。ちょっと好奇心がそそられるわ」

青年は婚約者といっしょに、そこへ行った。家はあのころと少しも変ることなく、そこにあった。なにもかも昔と同じに。

「この家さ。あそこが玄関。あそこが食堂。あの樹のむこう側に築山があって……」

青年はくわしく説明し、つけ加えた。

「……だが、もう入れないわけさ」

「あら、入れるわよ。ほら、ちょっとだけのぞかせてもらいましょうよ」

門の鉄格子は、少しだけあいていた。それを押しあけ、彼女は入った。青年もあとにつづいた。

二階の窓からのぞいていた女中が言った。

「あら、奥さま」

玄関の戸が開き、老婦人が出てきて言った。

「どうしたのです、友子。同窓会に行くといって出て、二日も家をあけるとは。しかも、男の友達に送ってもらうなんて、許しません。あなたには、真二郎という夫が……」

そして、なかへ連れこまれてしまった。青年はあとを追おうとしたが、玄関の戸はしめられた。むりに入ろうとしたが、庭のほうから、下男が歩いてきた。この家と家族とに忠実な下男が。

青年の知らない顔だった。しかし、この家をたてた大工の息子の島吉であることにまちがいはないのだ。この家に愛着を持ち、秩序をまもるためには、どんなことでもするだろう。青年にはなにもかもわかっていた。

彼は門から出た。門の鉄格子のとびらはしまり、いかに押しても、もはやあかなかった。

ごたごた気流

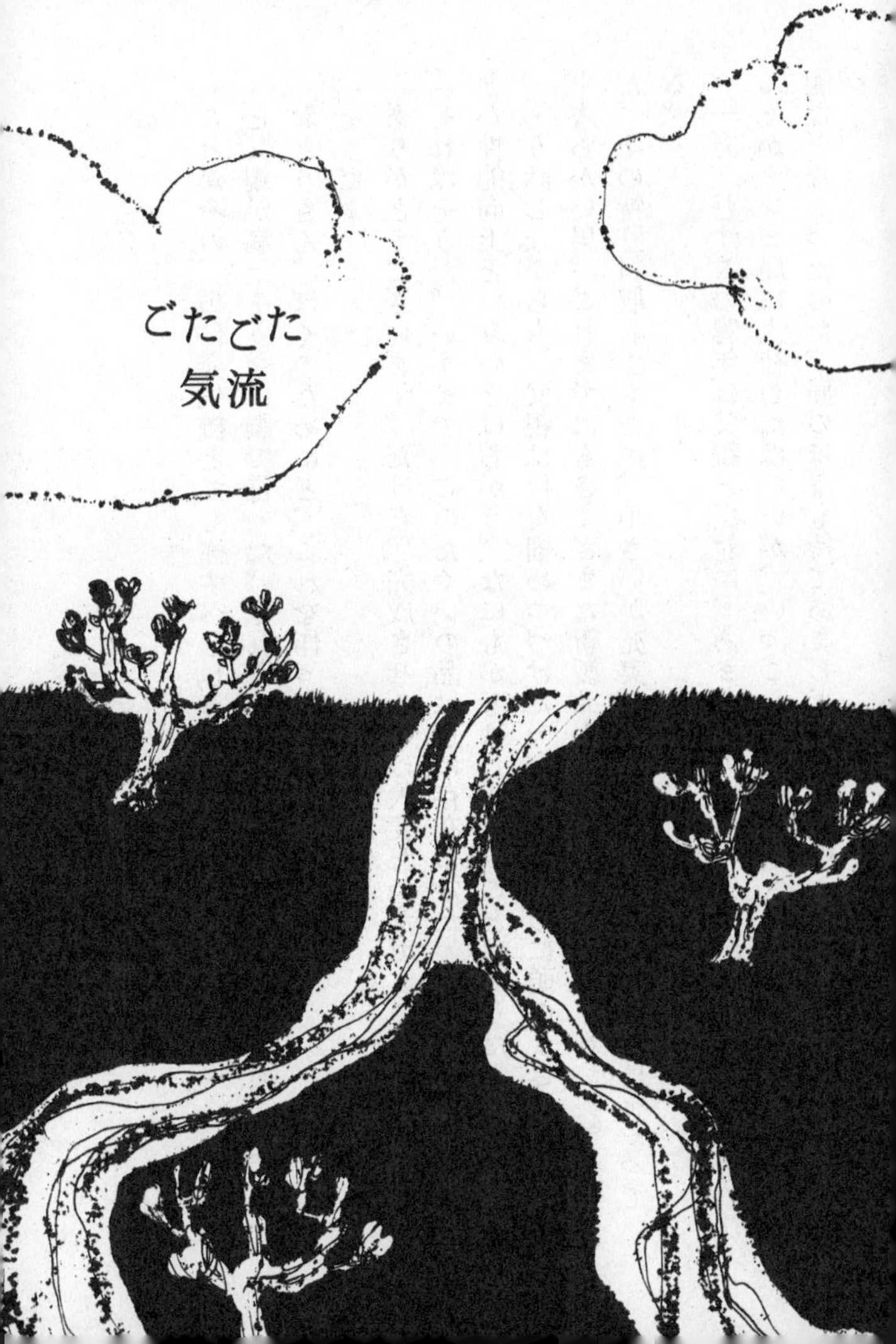

「これがその、事件発生機とでも称すべきしろものなのだ」

と父親が満足そうな口調で言った。それを聞き、むすこは喜びの声をあげた。

「おとうさん、ぼくのためにと、これを作って下さったのですね」

「そうだよ」

「ありがとうございます。だけど、完成させるのは大変だったでしょう」

「それはそうだ。いままで、このたぐいの品は世に存在しなかったのだからな。改良とか性能向上というのとはちがう。なにもかもはじめてのことばかりだった……」

そう話しながらも、父親は目を細めつづけだった。みるからに頭のよさそうな、六十歳ちかい男。これまでにもさまざまな新製品を開発してきた、すぐれた科学者だった。その特許料収入をもとに、小さいが充実した研究所を作り、その所長をやっている。

一方、むすこの青年は父親と反対に、あまり優秀とはいえなかった。大学を出てなんとかテレビ局に入社したはいいが、いっこうに才能を示さない。もともと彼には才能などなかったのだ。局のほうも持てあましぎみ。第一線からはずし、つまらない地位へ転任させようとの動きがある。

父親はそれを見るにみかねた。ひとりっ子。できの悪い子供ほどかわいいという。つまり、親ばかだった。なんとかしてやりたいものだ。そこで、ひそかに頭脳と資金と研究所の設備とを動員し、このような装置を作り上げた。

ショールダー・バッグぐらいの大きさ。大きさばかりでなく、肩にかけるひものついている点も似ていた。しかし、本体はちょっと重みがあり、精巧そのものといった印象を受ける。

「どうやって使えばいいのですか」

青年は質問した。なによりもまず、それが問題だった。父親は装置の一部を指さして言う。

「ここにあるこれが、小さなレーダー・スクリーンだ。いいか、この装置を肩からかけ、ぐるりとひとまわりする。なぜまわるかというと、この肩ひものなかにアンテナがしかけてあるからだ。周囲のただならぬけはいをキャッチする。すると、スクリーン上に変化があらわれる。ほら、いくつもの点があらわれただろう」

「ええ」

「ここからの距離は、これでわかる。いまは実験だから、いちばん近いやつを目標にしてみよう。つまり、あの方角だ。そこにねらいをつけてボタンを押すぞ。見ていてごらん」

ここは自宅の二階。父親の書斎だった。窓からは通りを見ることができる。午後の四時ごろ。大ぜいの人が歩いている。本当になにかが起るのだろうか。

三十歳ぐらいの男女が、いっしょに歩いている。仲むつまじいようすだった。ながめていると、反対側からひとりの男がやってきた。すれちがいかけ、三人がみな一瞬、足をとめて顔をみつめあった。そして、事件が発生した。

ひとりの男が、まず女を、つぎに連れの男をぶんなぐった。女は道に倒れて泣き声をあげはじめる。しかし、連れの男はそれを助けようともせず、身をかわし、なぐられるのをよけるだけで、さして抵抗もしない。

それぞれなにか叫びあっているらしいが、なにごとなのか、その声までは聞くことができなかった。

人だかりがしてくる。だが、なぜか制止しようとする者も出ず、面白がってながめている。なぐっている男は暴力団らしくもなく、警官もかけつけてこない。

「たしかに、なにか事件のようですが、なにごとでしょう」

青年が疑問を口にし、父親は答えた。

「わたしの観察によるとだな、浮気の発覚といったところだ。あの女が好きな男と出歩いていた。しかし、ぐあいの悪いことに、道で亭主と会ってしまった……」

「なるほど、そうかもしれませんね。理は亭主のほうにあり、弁解のしようもなく、二人はなぐられっぱなし。やじうまたちも、浮気のむくいだからと、とめようとしない。警官を呼ぶほどのことでもないわけですね」

「というわけさ」

「ううん。それにしても残念だなあ。小型撮影機があれば、この光景をずっとフィルムにおさめることができるのに。テレビに乗せられる。ドラマとちがって、本物はやはり迫力があります。特だねで、みなを驚かすことができたのに。あ、倒れていた女がけっとばされた。いいシーンなのに……」

しきりとくやしがる青年に、父親が肩をたたいて言った。

「まあ、そう残念がることはないよ。この装置の性能は、これ一回きりというわけではないのだ。これからずっと使えるのだ。これを持ち、カメラを用意して街に出ればいい。レーダーの指示する方向にむけてカメラを回しボタンを押せば、事件がうつせるということになる。浮気発覚といったものだけでなく、もっといろいろな事件がな」

「そういうことでしたか。ありがたい。なんとすばらしい装置でしょう」

「おまえのことを思えばこそ、わたしはこれを作り上げたのだ。たぶん役に立つはずだ」

「ええ、もちろん大助かりです。夢のようだ。おとうさん、心から感謝します」

青年は目を輝かし、おどるような足どりで部屋のなかを歩きまわった。使い方は簡単だ。これさえあれば、テレビ局でなんとか自己の存在を示すことができそうだ。

翌日、帰宅した青年が父親に言った。いささか興奮ぎみ。

「おとうさん。もう、なんと言ったものか、みごとに……」

「あれが役に立ったのだな」

「はい。もうすぐニュースの時間です。ぼくの撮影したフィルムが放送されますよ」

「それはぜひ見なくては……」

父親はテレビのスイッチを入れた。それは交通事故のシーンだった。あきらかに酔っぱらい運転の自動車。右や左にゆれながら走っている。しかもスピード違反の高速。そのうち、前の車を追い越そうとした。そのとたん、タイヤがスリップし、道ばたの街灯に激突。

車は大破してめちゃめちゃ。運転していた人は、もちろん即死。目撃していた通行人たちの悲鳴。やがて、救急車のサイレンの音が近づいてくる。なんの説明もいらない。だが、画面から目をはなすことはできなかった。少し間をおき、アナウンサーの声が入った。

〈自動車の運転には、くれぐれも注意しましょう〉

まさに重みのある映像だった。これまで事故のフィルムといえば、直後のさわぎをうつしたものばかり。しかし、これは走行中から激突の瞬間までがうつされている。特殊撮影といった作りものでなしに。

「すごいものだな。われながら感心した。装置の威力を、現実にこう見せられると」

父親は腕組みをしてつぶやき、青年は言った。

「これを見てテレビ局の連中、上役も同僚もびっくりしていましたよ。いっぺんに、ぼくの名が高まった」

「そうだ、注意し忘れていた。おまえ、その装置のことは他人に話さなかったろうな。秘密にしておかなければならないぞ」

「わかっていますよ。ぼくだって、そこまでばかじゃない。装置のおかげとわかったら、せっかくの働きもかすんでしまいます。前を走っている車の動きがおかしい。むだになるかもしれないと思いつつも、無意識のうちにカメラを回していた。勘とでもいうべきでしょうか。そんなふうに説明しておきましたよ」

「それがいい。しかし、それにしてもいまのシーンは強烈だったな。刺激的すぎる。いささかどぎつい。血なまぐさいのは問題だぞ。つまりテレビの本質である、お茶の間むきに反するというわけだ。死はよくない。死の出てくるシーンは避けるように、装置を改良するとしよう」

父親は事件発生機のふたをあけ、配線の一部に手を加えた。青年はのぞきこみ、首をかしげながら言う。

「すると、たとえば自殺の瞬間といったたぐいが、撮影できなくなってしまうわけですね。もったいないような気がしてなりません」

「いや、これもおまえのことを思えばこそだ。人の死ぬ光景ばかり撮影していたら、そのうち死神あつかいされて、いやがられるぞ。おまえの姿を見ただけで、人びとが逃げてしまう。なにも死ばかりが事件ではない。この装置を使えば、ほかにもいろいろな興味ある事件をつかまえることができるのだ」

「そううかがって安心しました」

数日後、青年の撮影したフィルムが、またニュースの画面に出た。

あるホテルのロビー。ひとりの男が椅子にかけて、あたりに視線を走らせている。

そこに外人の女があらわれた。近づいて、包みを渡す。その時、横から出てきた男が声をかけた。

「なかみを拝見させて下さい」

と警察手帳を示す。彼は刑事であり、麻薬取引の現場をつかまえたというわけだった。刑事は感想をのべる。

「以前から怪しいとにらんでいたのです。とうとう逮捕できました。社会に害毒が流れるのを未然に防止できて、よかったと思います」

そのシーンを、青年はフィルムにおさめることができたのだ。画面をいっしょにながめていた父親に、彼は言う。

「万事順調。順調すぎるような感じで、なんとなく妙な気分にさえなります。いったい、この装置はどんなしくみになっているのですか」

あらためて見なおし、ふしぎがる。父親はわかりやすいようにと努力して解説した。

「てっとり早くいえば、こんなところかな。これは精巧な運勢探知機でもあるのだ。各人にはそれぞれ運勢というものがある。また、場所にも運勢がある。といって、それは固定したものでなく、時間の流れとともに刻々と変化し、その複合が事件となってあらわれる。運命の霊気とでも呼ぶべきかな。その雲行きの怪しげなところを、このレーダーがキャッチし、教えてくれるというわけだ」

「なんとなく天気予報みたいな話ですね」

「そうだ。おまえも、なかなかいいことを言うようになったぞ。まったく、その通りだ。社会は、運命という低気圧、高気圧の作り出す気流の変化のなかにある。晴れたり曇ったり、時には台風とか集中豪雨とでもいうべき事件にも進展する。人間はそのなかでゆれ動く、木の葉のようなものさ」

「しかし、天気予報には当らないことがありますよ。むしろ、正確に的中することのほうが少ない。だから、所によりにわか雨なんて、巧妙な逃げ口上を使っている。そういうものでしょう。しかし、この装置はぴたりと予測する。カメラをむけると、ちゃんと事件が起ってくれる。なぜ、そううまくゆくんです」

「この押しボタンのことを忘れちゃ困るよ。その効果だ。どうやら、これも天気で形容するほうがいいようだ。上空に湿気を含んだ空気があるとする。やがては雨となるわけだが、いつ、どこへ降るかとなると、断定はむずかしい。しかし、人工降雨の方法を使えば……」

「人工降雨って、どうやるんです」

「上空のその湿気のなかに、核となるものをばらまいてやるのだ。すると、それらの粒を中心にして水滴ができはじめ、たちまち雨となる。だから、いずれはどこかへ降る雨を、目の前に降らせることができるというわけだ」

父親の説明に、青年はうなずく。

「装置のこのボタンが、つまり運勢の人工降雨……」

「そういうことだ。たとえば、最初の実験の時の、浮気中の夫人。彼女は運勢として、遠からず発覚することになっていた。あの場合にもそのような運勢があった。しかし、亭主がよそ見や考えごとをしていたら、あの場合、ぶじにすんだかもしれない。時間の問題だが、占いだとそこまでの正確なことはいえない」

「それを少し早めたというわけですか」

「ああ、目の前で雨にしてしまったというところだよ。あの麻薬犯の逮捕も同じことだ。いずれはつかまる運勢にあった犯人さ。刑事は、前から怪しいとにらんでいたなんて言ってたが、本心じゃないよ。わけもなく、ふと思いついて包みを調べてみる気になったというところだ。画面で見ていて、なんとなく自信のなさそうなようすだったよ。装置のボタンによって、きっかけが作られ、そそのかされた形で動作をしたというわけだ」

「自動車の事故死の人もそうですか」

「無軌道な性格のドライバーだった。どっちみち事故はさけられない運勢にあった。ボタンによって、それが少し早められただけのことさ。他人を巻きぞえにせず、よかったともいえる。だから、そう気にすることはないよ。といっても、改良によってもう死の光景の撮影はできないがね。どんどんボタンを押して、事件をとりまくることだね」

「そうでしたか。べつに気にもしていませんでしたが、それを聞いてますます安心しました。火のないところに煙を立てるのがマスコミの本質ですが、それにくらべ、こっちのほうがまだましだ。黒雲を雨にして、さっぱりさせる。いずれどこかで発生する事件。それを目の前に現出させるだけのことですから。大いにやりますよ。記録と報道はテレビの使命。みなも喜ぶ……」

「しかし、万一その装置を盗まれでもしたらことだ。秘密が知れわたったら、世の中が混乱する。その防止対策が必要だ。なかをこじあけようとしたら、小爆発でこわれるように手を加えておこう」

「だけど、これがこわれてしまったら、ぼくは……」

「心配するな。また作ってあげるよ。その原理はわたしの頭のなかにある」

「なにもかも、おとうさんのおかげです。これで人びとを、喜ばせ楽しませることができるというわけです」

青年のやることは簡単だった。装置とカメラを車につんで、街へ出ればいい。そして、レーダーの示す地点へ行き、ボタンを押し、その方角にカメラをむけて回していればいい。事件はそこで自然に発生してくれるのだ。なにごとも起りそうになくても、必ずはじまる。

女の人が叫び声をあげた。

「ひったくりよ。だれか、あいつをつかまえて……」

ハンドバッグを奪って逃げる男。通行人のなかから、それを追っかける者が出る。犯人がなんとか逃げおおせるか、あるいは、ひっとらえることができるか。はらはらする緊張のシーンだった。

追っかける人数が、しだいにふえる。そのなかには足の早い人もいた。やがて一人が追いつき、飛びかかり、犯人はその下敷きになって倒れ、なぐられ、けとばされ、袋だたきにされた。

それはテレビで放送される。青年は指さし、父親に言う。

「きょうの収穫は、こんなところです。いい眺めでしょう。悪をにくむ大衆の協力、正義心があふれています。利己主義の時代だという説への、強い反論となっているでしょう」

「大衆というものはね、相手が弱いとわかると、とたんに勢いづくものなのさ。正義心とはちょっとちがうな。しかし、悪ほろび善さかえ、めでたしめでたし、視聴者が喜べば、それでいいわけだな」

「いまのシーン、ボタンを押すことで、だれをそそのかしたことになるんでしょう」

「出場者みんなさ。あの犯人は、もともと機会があればひったくりをやる人間だった。あの女は、すきの多い性格。追っかけつかまえた連中は、なにかぱっとしたことをやりたがっていた。起るべき条件はできていた。女のすきがちょっとふえ、犯人の出来心がちょっと高まり……」

「そのおかげで、視聴者は楽しめた。もう、申しぶんありません」

「いい気になるのもいいが、おまえ、テレビ局の連中に、変に思われているのではないかい」

父親はいささか気がかりのようだった。青年は言う。

「運がいいのか勘がいいのか、いやについてるなとは言われますよ。しかし、装置のせいとは気づかれない。こんなものがあるなど、だれも考えませんものね。幸運もひとつの才能だと、テレビ局の上役たち、ぼくを大事にしてくれます。同僚たちはうらやましがる。いい気分の毎日です」

「そうだろう、そうだろう」

「すべて、おとうさんのおかげです」

装置の使い方に青年がなれてきたためか、より面白いシーンにめぐりあうことが多くなった。

花火会社の倉庫の火事。しかも、夜だった。人家から離れたところにあったため、被害はほかに及ばなかった。

はなやかな色彩、美しい輝き、それが四方八方に散り、音響もとだえることなくつづいた。

それはテレビのカラー画面にぴったりだった。最初の小規模な段階から、しだいに大きくなり、幻想と狂気の世界が展開し、下火になってからも、思い出すように火の花が飛びあがる。

あまりにぴったりすぎ、青年は警察官の取調べを受けた。

「おまえが火をつけたのではないのか。話がうますぎる。なぜ、あの時にあそこへむけてカメラを回していた。火事になる前から……」

「偶然ですよ。いや、勘というべきかな、なにか起りそうだという。こういう仕事をしていると、第六感のようなものが、しぜんに身についてくるものです。警察の人だって、そうでしょう。なにかぴんとくると……」

「警官にはあるさ。しかし、テレビの連中にそれがあるなんて、信じられん。なんだか疑わしい。それとも、放火するという情報を、あらかじめ知ってたのか。そういう取材源についてとなると、きみたち報道関係者はしゃべりたがらないが」

「そんなのともちがいますよ。知っていたらお話しします。弱りましたな。なんと説明したらいいのか……」

装置の秘密を口にするわけにいかず、青年は言葉に窮した。しかし、父親のやとった弁護士がかけつけてきてくれたし、警察の調査によって、倉庫の番人の火の不始末が原因と判明し、いちおう疑いは晴れた。

つぎに青年は、さらに珍しいシーンを撮影することができた。もっとも、装置の指示に従ってのことだが。

宝石店への強盗だった。普通のありふれた方法ではなかった。よくならした毒へビのコブラ。それをカゴに入れて持ちこんだのだ。

「さあ、おとなしく宝石を渡せ。さもないと、こいつが飛びつくぞ。拳銃《けんじゅう》とちがって音がしないから、だれもかけつけてこないぞ」

「命だけはお助け下さい。宝石はお持ちになってけっこうですから」

「もらって行くぜ。あとを追わないように、ヘビはここに残しておく」

毒ヘビぐらい気持ちの悪いものはない。店の者は青ざめ、ふるえつづけ。そのあいだに、犯人は逃走した。

青年は望遠レンズでその成り行きをカメラにおさめ、警察へ電話した。かけつけた警官がヘビを射殺、やっと一段落となった。

この放送も視聴者の興味をそそった。毒が抜いてあったのかもしれないが、コブラとの対面には緊迫感がある。青年はそのフィルムを警察へ提出した。

「どうぞ、証拠としてお使い下さい。報道関係者だって、悪をかばう者ばかりじゃありませんよ」

「協力していただき、ありがたい。犯人の人相、逃走に使った車が、はっきりうつっている。かならず逮捕します」

「つかまえたら、よく調べて下さいよ。ぼくがあらかじめ犯行を知っていたかどうかを。もっとも、テレビ関係者に予告した上での強盗なんか、あるわけがありませんけどね」

警察への信用はつけておいたほうがいい。装置の存在を気づかれるのがいちばん困るのだ。

ライオンが競馬場へ出現する光景にもめぐりあえ、テレビで放送することができた。動物園への輸送中、車の戸が開いてライオンが逃げ出し、そばの競馬場へ入りこんだというだけのことだ。

麻酔弾で捕えたとはいうものの、場内の混乱は大変なものだった。異変に対する大衆および馬たちの反応の記録として、貴重なものだった。

いうまでもなく視聴者は大喜び。つぎはどんな放送があるかと、当然のことのように期待してしまうのだ。どんな人気歌手の番組も、いかによくできたドラマも、現実の突発的事件の迫力には及ばない。

青年のほうも、そういった大衆の期待にこたえた。

「あいつはただものじゃないよ。テレパシーかなんかそなえているんだろう」

最初のうちは反抗心を持ち、競争しようとしていた同僚たちも、いまやあきらめ、特別あつかいにしてくれるようになった。彼にとって、そのほうがありがたかった。ほっといてもらったほうが、仕事がしやすい。

現金輸送車の踏切での事故もフィルムにおさめた。信号機の故障で、輸送車が踏切を通過した時、電車が横からぶつかり、車の後半部がこわれた。札束が飛び散り、壮観だった。数えきれぬほどの紙幣が、あたりに乱舞した。すぐにパトロールカーが到着したが、それまでのあいだ、青年はカメラを回しながら叫びつづけた。

「勝手に拾ってはいけませんよ。ここでフィルムにおさめています。拾った人はあとで逮捕されます……」

たくさんの札束を目の前にしながら、手を出せない。その連中のくやしげな表情は面白かった。テレビ放送になった時も、そこが最も好評だった。視聴者、だれだって、他人がうまいことをするのを喜ぶわけがない。

「ざまあみろだ。いい時にテレビ局の人がいたものだ。もっとも、おれがあの場合にいあわせ、カメラがなかったら、けっこうねこばばしただろうなあ……」

そんな感想をいだかせるのだった。

装置はある銀行でのさわぎも教えてくれた。コンピューターが故障し、預金の払い戻しに手おくれがあった。それが何人かつづき、お客たちはいらいらしはじめる。そのうちデマが流れた。

「あの銀行には現金の用意がないらしい」

「たぶん、不良貸付けをして、こげついたのだろう」

「早く行かないと、預金がおろせなくなってしまうぞ」

人数はしだいにふえ、デマはひろがり、大混乱となった。警官隊が整理にやってくると、それがさわぎに輪をかけた。これはただごとでない、本当に銀行があぶないらしいと。なんとかおさまったのは夜で、何時間もかかった。

青年は電話でテレビ局の中継車を呼び、その実況を放送させた。普通の番組より、よっぽど面白い。官庁の責任者を解説に出席させたので、混乱の拡大防止の役に立った。

テレビの信用。解説つきで中継されていることがわかると、さわぎはおさまるのだった。一方、視聴者たちにとっては、めったに見られないシーンで楽しく、また少しだが経済機構についての知識をえた。

つぎはジェット旅客機の不時着という場面にもめぐりあえた。このころになると、局には中継車が待機しており、青年から連絡があるとすぐに出動できる態勢ができていた。

「海上におりるぞ。それまでのシーンはフィルムにおさめてある。中継車を早くここへよこしてくれ……」

と青年は電話し、いい場所を占領しておく。だから、その局の独占中継となってしまうのだった。

旅客機はゆっくりと海に沈む。救命胴衣をつけた乗客たちが、ゴムボートに移り、つぎつぎに岸へとたどりつく。緊張の極から安心の表情へと変わる変化まで、カメラははっきりとうつしだす。

それだけでも人の目をひきつけるが、ほかにもさまざまな興味あるシーンがつづいた。装置の作用かもしれなかった。

乗客のなかに、有名タレントの男女が乗っていた。芸能週刊誌の目をのがれ、外国でそっと結婚しようとしていたところだった。記事にすれば、あれこれふくらませかなりのものになるところだが、テレビはそれを一瞬のうちに報道してしまった。

また乗客中には、大金を持って国外へ逃げようとしていた大詐欺師もあった。最後まではなさなかったカバンのなかには、高額紙幣がいっぱいつまっていた。その場でたちまち逮捕された。

海岸に流れついた書類入れを、だれかが拾ってきた。あけてみると、外交に関する機密文書。経済援助とその代償についての、微妙な内容のものだった。それも画面を通じて、いっぺんに表ざたになってしまった。

それは不時着さわぎが終わったあとまで問題となった。国会でそれに関する質問がなされ、政府側の説明はまことに歯切れが悪く、内閣がぐらつきはじめた。

青年は自宅でテレビを見ながら、父親に言う。

「おかげで、局内でのぼくの地位はゆるぎないものになりましたが、これでいいのでしょうか」

「どういう意味だ」

「なんだかしらないけど、装置のさしずしてくれる事件が、しだいに大きくなってくるようです。はじめのうちは、花火屋の火事ぐらいだった。そんな調子でつづいてくれるものとばかり思っていました。それなのに、しだいに刺激的になってくる」

「そういえばそうかな」

「銀行でのさわぎ、いまや内閣までゆらぎはじめた。これはどういうわけでしょう。おとうさん、説明して下さい」

「わたしにもよくわからん。作った時の原理からは、予想もしなかったことだ。大衆の欲求がその装置に反応し、世の運勢を増幅しているのかもしれない」

「そんなこともあるのですか」

「ないとはいえんのだ。連続して人工降雨をやったとする。気流も変化し、おかしな状態になりかねない。つまり、異常気象が、定着してしまう。だから、最初に装置に教えこんだ、一般の運勢公式とちがったものになりかねないのだ」

「計算しなおし、新しい公式とさしかえるわけにはいかないのですか」

「そこまでは、わたしの才能ではできない。それとも、このへんで中止するか」

「それはできませんよ。最高の視聴率です。中止したら投書が大変です。いまや大衆は、これが当り前と思いこんでいるのです」

「そうだろうな」

「局の上の連中も許してくれない。みなでわたしをつかまえ、こつを聞き出そうとするでしょう。あくまで装置の秘密をしゃべらなかったら、わたしの頭の生体解剖だってやりかねない。人びとの事件への執着は、それほど恐しいものなのです。そんな目にあわされたら、まさに大事件だ。事件発生機の持主が、事件の焦点になってしまう。たまったものじゃない。おとうさん。どうしましょう」

「弱ったことだね。といって、わたしにもすぐには案が出ない。しようがない。しばらく、手かげんしながらつづけてみるんだな」

すから」

「手かげんのしようがありませんよ。装置の指示するところへ行き、カメラをむけ、ボタンを押す。そこでなにがはじまるかは、発生してみないことにはわからないので

青年は仕事をつづけなければならなかった。いまや装置に使われているような立場。

ある国の大使館。そこへ他国の武装したスパイ団が侵入した。先日の例の外交機密文書から派生した結果だった。ビルの上から望遠レンズで、その中継放送をやる。

見物する側にとっては、これまた面白い事件だった。大使館内でうちあいがおこなわれている。警察はそのなかへ入って行けない。ついに大使が人質にされてしまった。

他国のスパイ団の人質になっていても、大使は大使。警察の介入は断わると言われれば、手が出せないのだ。なにやら声明書を発表しはじめたが、それを正式の外交文書とみとめるべきかどうか。

そのうち、とらわれた大使の国の軍隊が、飛行機でやってくる。

「おくにの警察は手が出せないという。だから、われわれがやってきたのです。われわれが自国の大使館に入って、どこが悪い。強行突破。力ずくでも敵を追い出し、正常化します。おまかせ下さい。いえいえ、お礼などおっしゃるには……」

とめるわけにもいかず、手伝うわけにもいかず、その連中は自国の大使館内に攻め

こんでいった。機関銃がうなり、催涙ガスが流れる。まさに小規模な戦争だった。これほどスリルにみちたテレビ中継は、めったにない。だれも高みの見物。戦っているのは外国人ばかりなのだ。そのうち、かなりの負傷者が出て、占拠していたスパイ団は降伏した。

そして、この事件は幕となった。

しかし、以前の平穏に戻ったわけではない。この事件でショックを受け、各国の大使館が再発防止のための改造にとりかかった。へいや壁を鋼鉄製にし、銃眼をつけ、機関銃をそなえ、屋上にヘリコプターの発着所を作り、地下に食料や弾薬の貯蔵庫を作り、兵士たちをそろえ、装甲車まで用意した。

どれも外交官の荷物として運んでくるので、とめようがない。バズーカ砲や、高射砲をそなえつけるのもあらわれ、どの大使館も軍事基地と化していった。

異様な光景だった。だが、軍備のなんたるかを知らない子供たちは、さまざまな武器をテレビで見て面白がる。大衆がそれに気をとられているうちに、クーデターが発生した。

「このありさまはなんだ。国内に各国の軍隊が入りこんできたようなものだ。占領されたも同然。こんなみっともないことはない。理屈はどうでも、われわれは断固として、やつらを追い出さねばならない。このままでは、いつ戦争に巻きこまれるかわからない。平和のため、いまこそ実力を示す時だ……」

支離滅裂。もっとも、クーデターとはそういうものなのだ。

父親の科学者が、青年に言う。

「わたしもなんだか心配になってきたぞ。ただごとでない。ますます社会の運勢の気流がおかしくなってゆく。この調子だと、どうなるかわからん……」

「どうしましょう、おとうさん。しかし、この装置だけはこわしたくない。こわしたら、ぼく自身の破滅です」

「わかっているよ」

青年も、装置がなければただの人ということを知っている。

「おまえを不幸な目にあわせるつもりはない」

「おねがいです。いい知恵を貸して下さい」

「どうだ、海外取材旅行を申し出てみたら」

「これだけの実績をあげてきたのです。申し出れば許可になるでしょう。なるほど、それはいいアイデアですね。大事件さわぎは国外で……」

「そういうわけだ」

「どこへ出かけたらいいでしょう」

「それは装置に聞いてみるんだな。ちょっとアンテナを大きくしてみよう。雲行きのおかしな方角がわかる……」

父親はそれをやった。レーダーはある方角を示している。以前から、国際的にくすぶっている地方。

「……やはり、ここだ。遠い火事ほど面白いというぞ。みなも喜ぶだろう。思う存分やって、集中豪雨を見せてくれ。わたしも衛星中継で楽しませてもらうよ」

「はい、きっと期待にこたえます。おとうさん」

インタビュー

星　新一　戦後・私・SF

若き日の読書――乱歩・楚人冠・太宰

――きょうは戦後SF作家の第一号であり、日本SFの発生の現場に立ちあってこられた星さんに、当時の思い出を中心にお話をうかがいたいと思います。はじめにSFと出会うまでの読書遍歴から――。

星　子供の頃では江戸川乱歩さんの〈少年探偵団〉のシリーズが印象に残ってますね。乱歩さんがあの作品をお書きになった頃に、ぼくはちょうど小林少年と同年齢で、しかも生まれ育った(*1)東京の山の手が舞台でしょう。家の近所には実際に西洋館なんかもあったりして、まさに同時進行の感覚で読んでましたから、本当に共感するものがありましたね。昭和十年前後のことですけど。あと印象に残ってるものでは、佐藤春夫さんが中国の短篇を子供向きに書き直して一冊にまとめた本が出ていて、それなんかもかなり……だからぼくは今でも、ショート・ショートの原点は中国の怪奇談じゃないかと思ってるくらいでね。西洋のものよりはるかに異様な話が多いですよ。その中国人ってのはものすごいリアリストでしょう、なにしろ神を認めないんだから。そのなかで、あえて〝怪力乱神〟を語ってるわけだから、本当に妙な話ばかりが集まっていて、もっと注目されていい分野だと思いますけどね。中学生になってからだと、杉村楚人冠《そじんかん》（＊2）というエッセイストの全集が家にあったので、それを何度くり返し読んだか分からないくらい読みました。分かりやすい文章で、ユーモアがあって、ヘンに気取ったところもなくて。あと戦後になってイカレたのは太宰（治）ですね。空前絶後のユニークな作家じゃないかと思って。

――特にどういう点が？

星　あのヘンな文体ですね。あれ、新井素子と一脈通ずるものじゃないかな（笑）。どっちも読者に個人的に語りかけてくるような錯覚を生じさせるところがあって、それがあれだけ人を惹《ひ》きつける秘密なんじゃないですか。

＊1　《家は本郷の曙町《あけぼのちょう》にあった。いまは町名も変ってしまったが、東洋大学からみて、通りをへだてた小高い丘の上あたり。そのころ、つまり昭和十年ごろのことだが、本郷のあたりには明治のおもかげが色濃く残っていた。関東大震災で焼けなかったためである。表通りから裏道に入ると、くすんだ色の木造の家々が、静かに並んでいた。そのあいだを、金魚売りなど、さまざま

な物売りの声が、きせるをなおすラオ屋のかん高い笛の音《ね》が、時たま通り抜けてゆく。

夜になると、いっそう静かで、風のかげんによっては、田端あたりか上野駅のか、汽車の音がはっきり聞こえてくることもあった。過去は静寂のなかにある。》（『祖父・小金井良精の記』〈新潮社〉より）

＊2　杉村楚人冠（一八七二―一九四五）は本名広太郎。和歌山県生まれ。英吉利《イギリス》法律学校（中央大）で学んだのち、在日アメリカ大使館につとめる。明治三六年「東京朝日新聞」に入社し新聞記者として活躍。随筆家としても知られる。著書に『七花八裂』『大英遊記』等がある。
《この本（「楚人冠全集」：引用者註）が私に与えた影響は甚大である。私がいま、難解で晦渋《かいじゅう》な文章が書けず、書く気にもならないのはそのためである。また難解で晦渋な文章にお目にかかると、ニセモノじゃないかとまず疑うようになったのも、そのためである。ユーモアには教養と上品さがなければならない、借り物の思想をふりまわすべきでない、押しつけがましいのはいけない、人生における感覚を大切にすべきだ、といったことを知ったのもこの本である。》（星新一『きまぐれ博物誌』〈角川文庫〉より）

空飛ぶ円盤研究会

――星さんがSFに向かわれた一つのきっかけとして、〈空飛ぶ円盤研究会〉（＊3）にお入りになったということがあるわけですね。

星　今では空飛ぶ円盤なんて言葉自体古くなっちゃって、一般の人でもUFOで通じるんだからね。テレビでも年中やってるし。あの頃空飛ぶ円盤なんていったら、こいつ頭おかしいんじゃないかってな扱いでしたよ（笑）。マスコミだってまともに取りあげたりしなかったし、まさにマイナー中のマイナーで、またそれだけに会員もみんな熱心でしたね。

——そこに集まった人たちに、なにか共通する思いみたいなものはあったのでしょうか。

星　……まあいろいろと、一言ではいえないようなものがあったんじゃないかな。ぼくの場合には、親父が死んだあとの会社の整理ということが、かなりの部分を占めていたし（＊4）、空飛ぶ円盤の会を始めた荒井（欣一）さんの場合は、お嬢さんがストマイという薬の副作用で耳が不自由になられたとかで〝本当に宇宙人が来てくれりゃ助かるのになあ〟なんてなにかの折にふっと漏らされたことがありましたね。それから柴野（拓美）さんにしても、ずっと喘息《ぜんそく》に悩まされていたりとか……みなさんそれぞれに、なんともやりきれないものを背負いこんじゃって、その救いとかはけ口とか、そんなものもあったんじゃないかなという気がします。

――そういうものを抱えてはいても、新興宗教などに救いを求めるような人たちではなかった……。

星 むしろUFOを全面的に信じてる人は少なかったみたいですね。興味はすごくあるけれども、どこかに疑う部分をもっていた。

――理性的な人たちだったわけですね。

星 要するにUFOというものは、いろいろ調べて深入りしても、ある段階から先は分からないんですよ。超心理学の実験やって、そういう現象があるところまでは分かっても、そこから先は仮説一つ満足に立てられないのと同じで。そういう物足りなさからね、SFだったら自由に仮説を立てられるというんで、SFの方へ来ちゃったのが、初期の「宇宙塵」(＊5)の連中だったという気がします。

――そうしますと、当時SFに関心をもった人たちの場合も、その根底には先ほどお話にあった〝いわく言いがたいもの〟があって、そこからの救いを求める道すじにSFがあったと考えてもいいのでしょうか?

星 それはやっぱり小松(左京)さんにしても、半村(良)さんや筒井(康隆)さんだって、言うに言われぬなにかがあったでしょうな。それをいちがいに救いを求めてとは言えないでしょうが、少なくともぼくの中には、そういう現実からの逃避としてのSFという傾向はありましたね。SFは逃避じゃないという人もいるし、事実そうかもしれませんが、ぼくの場合それがかなりの要素を占めてたのはたしかです。もっとも一方でね、三十歳前後で会社を潰《つぶ》した男を雇ってくれる企業なんて、当時なかったわけですよ。それがたまたま「宇宙塵」の二号にショート・ショートを書いたら、「宝石」に転載された(＊6)。よし、こうなったらこれで人生いきてゆく以外にないというね。それこそ〝背水の陣〟って気持ちもあったんですよ。

＊3　正式名称は「日本空飛ぶ円盤研究会(JFSA)」。昭和三〇年七月設立。日本最初の全国的円盤団体である。会長は荒井欣一、顧問として北村小松、糸川英夫、徳川夢声、石黒敬七らを擁し、会員中にも荒正人、新田次郎、三島由紀夫、黛敏郎、黒沼健、南山宏、平野威馬雄ほか錚々《そうそう》たる顔ぶれが並ぶ。会誌「宇宙機」をはじめとする出版啓蒙活動や、「全日本空飛ぶ円盤研究連合」結成(昭三二)等積極的活動を展開したが、昭和三五年に一たん休会、のち四七年から活動を再開している。(詳しくは「地球ロマン」第二号〈天空人嗜好〉を参照。)なお星氏は同会の「宇宙機」に三回寄稿している。そのうちの一篇「円盤を警戒せよ」は、『星新一の世界』(新評社)に再録されている。

＊4　《父の死後、会社を引きついだはいいが、巨額の負債と営業不振でどうしようもなく、整理を他人に委託した。雑事から解放されたというものの、精神的な空虚さは一段と増した。前途に

なんの希望もない。なにをしたものか、まるで見当がつかなかった。つぶれた会社の二代目、三〇歳の男をやとってくれるところなどない。友人に泣きごとを並べるには、私は意地が強すぎた。自暴自棄になるには、私は理性が強すぎた。だから、読書、碁、映画、バーということで、一日一日をつぶしていたわけである。いったい、これからどうなるのだろう。将来を考えるのがこわかった。》（新潮社『星新一の作品集I』付録「星のくずかご」№1「そのころ」より）

＊5　日本最初のSF同人誌。昭和三二年五月の創刊以来、星氏をはじめ多くのSF作家を世に送り出した。主宰者の柴野拓美氏は、創刊当時の星氏の印象を次のように記している。

《氏とはじめて顔を合わせたのは、一九五六年の秋、荒井欣一主宰による「日本空飛ぶ円盤研究会」の定例会の席上だった。日付ははっきりしないが、その一日、私がSFの同人誌を出そうという提案をしたところ、まっさきに、というより、待ってましたという表情で名乗り出てきたのが星氏であった。「仲間にいれてください。星といいます。よろしく」（略）／やがて五七年新春ごろから話が具体化し、五月に「宇宙塵」創刊にこぎつけた。星さんは毎号すぐれた随想や小説をよせてくれるだけでなく、毎月発行のたびに十数冊ひきうけて、知友間に宣伝してくれた。（略）／はじめの数号は、五反田《ごたんだ》の印刷屋からとってきた謄写原紙を、すぐ近くにあった星製薬ビルまでもっていって、校正を手伝ってもらったりした。うすぐらいビルの階段をあがっていくと、夏のことで吹きとおしにした副社長室で、星さんは所在なげに椅子《いす》にもたれていることが多かっ

た。》（柴野拓美「星新一氏と『宇宙塵』」より。『星新一の世界』〈新評社〉所収）

＊6　星氏の処女作「セキストラ」の「宝石」（昭三二・一一）転載にあたり、江戸川乱歩は紹介文の中で《大下宇陀児《うだる》さんが「宇宙塵」というＳＦ同人誌にのっている「セキストラ」を読めと、しきりに推賞するので、わたしも一読して非常に感心した。（中略）これは傑作だと思った。日本人がこういう作品を書いているということが、わたしを驚かせた。（以下略）》と述べている。

ＳＦがマイナーだった頃

――日本のＳＦは第一歩から背水の陣だった（笑）。当時の読書界の受けとめ方はどういう感じでしたか？

星　それは非常にマイナーなもんでしたよ。「宝石」に何作か書いた頃、探偵作家クラブだかの会合に行ったら、当時のいわゆる〝倶楽部《クラブ》雑誌〟（＊7）の編集者にね〝星さんの作品は面白いけれども、ハイブロウすぎてウチの雑誌に向かない〟なんて言われたことがあったくらいで（笑）。

――それが今や小・中学校の教科書にも掲載されている（笑）。

星　ぼくが最初からショート・ショートばかり続けて書いたのもね、本来、推理小説の雑誌である「宝石」の中では、ＳＦはマイナーな形式なので、あんまり長くページを取っては申しわけないような、そんな雰囲気も影響してるんですよ。あんまりサイエンスがかったものも遠慮するとか。だから筒井さんにしても、あんまりハードなSFは初期の頃は書いてないでしょう。

――そのあたり、ハードなものを書きたいけれど、とりあえず……という感じで？

星　いや、ぼくの場合にはSFを書こうと思って書き始めたわけじゃないからね。そもそもSFという呼び方があることすら、しばらく知らなかったくらいで。柴野さんに言われて、ああそうですかってなもんだから（笑）。他の人はどうなんでしょうね。福島（正実）さんが「SFマガジン」を始める前に、ポケット版のSFシリーズを出しましたけど、あれの作品の選び方みてると、あまりハードなものは入れてませんよね（＊8）。怪奇小説的なものとか、F・ブラウンの『火星人ゴーホーム』とか。だから作家の側からすると、当時はどういうハードなものがあるのかということ自体、よく知らなかったんじゃないかという気もするな。だけどなによりね、ぼくもそうだし、筒井さんもそうだと思うけど、要するに食わなくちゃならんわけですよ。そのためには読んで分かってもらえる表現でなかったら「宝石」ですら掲載してくれない。「宝石」の次に書いたのは「文春漫画読本」でしたから、そうなるとなおのこと、こみいったものじゃダメだというので、とにかく分かりやすい表現を選んで、明解なオチをつけて、ということを心がけた。だから趣味でハードなものに手を出そうなんて呑気《のんき》なことは許されなかったんですね。

＊7　昭和二〇年代後半から三〇年代前半まで流行した通俗読物雑誌の別称。当時全盛を極めた講談社の「講談倶楽部」と光文社の「面白倶楽部」がともに〝倶楽部〟の語をもつことにあやかって、「小説倶楽部」「傑作倶楽部」「読切倶楽部」等の誌名が多くつけられたことに由来する。真鍋元之編『大衆文学事典』（青蛙房）によれば、倶楽部雑誌の衰滅は、当時急速に普及したテレビのドラマ番組と週刊誌ブームに起因するという。同書にいわく、《倶楽部雑誌の従来の愛好者は、家庭の茶の間ではテレビで時間を消し、通勤の車中には週刊誌を持ちはじめた。》

＊8　早川書房は昭和三二年末から〈ハヤカワ・ファンタジイ・シリーズ〉の刊行を開始した。主なラインナップは『盗まれた街』（フィニイ）『ドノヴァンの脳髄』（シオドマク）『火星人ゴーホーム』（ブラウン）『鋼鉄都市』（アシモフ）『呪われた村』（ウィンダム）等。
《都筑道夫とぼくとは、このシリーズを出すにあたって、過去の経験（先行する他社のSFシリーズが相次いで挫折したこと…引用者註）にかんがみ、つぎの三点に特に留意した。第一には、いたずらな偏見を招くおそれのあるサイエンス・フィクションという言葉を使うことを避け、すでに日本語の中に定着しているファンタジーという言葉を用いること。第二には、最初からプロパーSFを選ばず、むしろ、サスペンス・スリラーとしても読むことのできる作品――SFファ

ンのみならず一般読者——とくにミステリー読者にも受け入れられやすい作品を、主として取り上げること。そして第三には、翻訳を、ミステリー以上に読み易く、しかもＳＦ独得の雰囲気を損なわない正確なものにすること。》(福島正実『未踏の時代』〈早川書房〉より)

海外ＳＦの衝撃

——それでいよいよ「ＳＦマガジン」の創刊となるわけですが、福島正実さんのように、一つの使命感をもってＳＦに取り組む人たちを、すでに作家として活動されていた星さんはどういうふうに見ておられましたか。

星　福島さんがああいうことを始めたわけですけど、だからといってぼくがすぐに交際しはじめたかというと、そうでもなかったんです。だいたい「ＳＦマガジン」に日本作家が登場するまでかなりの号数があったはずですし(＊9)、しかもぼくの場合は、その中でも何人めにあたるか分からないくらいで。ぼくはすでに「宝石」でデビューしてましたから、福島さんとしては使いにくいということもあったかもしれんですな。あの人は自分の方針に合わない作品は、厳しく書き直しを命じたりしてましたからね。そうするのに気がひけるということがあったかもしれない。

——「ＳＦマガジン」自体の印象は？

星　創刊号が出たときはショックでしたね（＊10）。シェクリイ、ブラッドベリ、ディックの「探険隊帰る」……いまだに鮮烈な印象でね。あんなすごい雑誌には二度とお目にかかれないだろうと思います。ただ二号めから一年間くらいは、ぼくの趣味とはちょっと合わない感じがありました。

——当時、日本のSF作家の間で評判になった作品はありましたか？

星　P・K・ディックの『宇宙の眼』なんかそうでしたね。あれは誰もが共通して本当にすごいと。

——特にどういうところが？

星　ああいう発想は、それまでの日本人にはちょっと出せなかったですもんね。たとえばJ・フィニイの『盗まれた街』みたいに、宇宙人が莢《さや》の形で飛来して、それが人間そっくりになって出てくるなんていうのだったら、当時の我々にも分かりやすかったですけど、『宇宙の眼』みたいに登場人物が他人の意識内の世界にひっぱりこまれて冒険するなんて、ああいう発想は本当に思いもつかなかった。しかもそれがわりと分かりやすく書かれていたので、みんなショックだったんじゃないですか。

——当時（昭三四）星さんが児童向けの科学解説書『生命のふしぎ』（新潮社）を書かれて、その中にシェクリイの『ひる』とA・ベスターの『分解された男』を引用されていますが、やはりあのあたりも興味をもたれた？

星 そうですね。やっぱりシェクリイだし、あとブラウンの『火星人ゴーホーム』やブラッドベリの『火星年代記』なんかもいまだに読んだ感激が忘れられない。『生命のふしぎ』で思い出しましたが、あの頃のSF作家は哀れなもんだったですよ、今でこそみんな呑気な顔してますけど（笑）。ぼくの場合『生命のふしぎ』を出したのが一つの縁になって、新潮社から最初の短篇集（『人造美人』昭三六・二）を出してもらうまでに作家になって三年ぐらいかかってますからね。その間、同じ頃デビューしたミステリー作家がどんどん単行本出すのを横目で見ながら、テレビ・ドラマの原案（NHKの人形劇「宇宙船シリカ」昭三五放映）なんか作らされていたんですから——あれはあれで楽しい仕事ではありましたが——他にも虫プロで働かされてた人もずいぶんいたようですね。

＊9 「SFマガジン」にはじめて日本作家が登場するのは、昭和三五年五月号（通巻四号）。〈日本作家特集〉と銘うち、高橋泰邦「〝白鯨〟応答せず」、都筑道夫「機嫌買いの機械」及び「機会がうんだ機械」、安部公房「完全映画」の四篇が掲載されている。ちなみに星氏の初登場は同年九月号（通巻八号）で「To Build, or Not to Build」を寄稿している。のち「作るべきか」と改題、『妖精配給会社』に収録。

＊10　「ＳＦマガジン」の創刊が、当時の知識人に与えた新鮮な衝撃を端的に示す一つの証言を次に掲げる。
《地上の時間ではまだたったの十五年しか経っていない日本ＳＦ界の創世期を、このごろひどく懐しく思い出す。なにしろＳＦに手を出す出版社は例外なくつぶれるといわれ、事実そのとおりになっていた時代である。したがって昭和三十四年十二月、早川書房が空想科学小説誌と銘うって「ＳＦマガジン」を創刊したとき、私らは何よりもまず前車の轍《てつ》を踏むのではないかと惧《おそ》れ、どうにもうさん臭いなといった顔をし、それから――それからその中綴《と》じの瀟洒《しょうしゃ》な雑誌に飛びついた！　文字どおり狂喜して貪《むさぼ》り読むくらい飢え渇いていたので、発行日を待ちかねて書店をうろうろし、買ってくると半日足らずで読んでしまい、またひと月をおちつきなく過ごすというくらいの熱狂的なファンだったが、それはもっぱらフィニイやシェクリイやブラッドベリなど、かつて知らぬ新しい輝きに充ちた世界に対してであって、日本の作家にはほとんど関心を持たなかった。持ちたくても星新一のほかには、これという人がいなかったのだから仕方がない。》（中井英夫『牙の時代』〈小松左京著・角川文庫〉解説より）

テレビとＳＦの普及

――テレビ・ドラマといえば、日本におけるテレビの普及とＳＦの普及は、同時進行のような印象を受けるのですが、いかがでしょう。

星　そう、たしかにテレビの普及が始まった時代でしたね。あるのが珍しいという感じはもうなくなって、かなりの勢いで普及して、高度経済成長が始まりだしたという……。

——両者の相関関係みたいなものは？

星　あると思います。精神的な余裕が出てきたんじゃないですか。それまでは目先の生活に手一杯で、宇宙人だのUFOだのといったことは考える余裕すらなかったわけで。

——余裕のシンボルとしてテレビがあった？

星　それもありますね。しかもあの頃のテレビ・ドラマは、本当に過去の遺産を一気に食い潰した時代でね、たとえば『ヒッチコック劇場』なんていうのは、ミステリーの名作短篇を三〇分ドラマにして毎週放映してたわけだし、あと『ミステリー・ゾーン』（＊11）にしても、SFの名作を一気に使っちゃったわけで。ぼく自身、当時のテレビから得たものはずいぶん役に立ってますね、あとになって。

——テレビの普及もその一つの表われだと思うのですが、当時、科学というものが非常に身近になったというような雰囲気はありましたか？

星　たしかに未来は豊かで輝かしいものであるということを、ほとんどの人が疑わなかったんじゃないですかね。現にアメリカというお手本がありましたから。日本は戦争でいったん挫折《ざせつ》しちゃったけれども、科学はさらにより良いものをもたらしてくれると、盲目的に信じちゃってましたよね。実際、六四年に新幹線が開通して、東京オリンピックが開かれて、それからいわゆるバラ色の未来学なんてことが言われだして、米ソが競って人工衛星を打ちあげるわ、宇宙衛星でアメリカのテレビ中継が入るわ……ああいうことの総《すべ》ての絶頂が七〇年の大阪万国博ですね。あれとアポロ宇宙船の月面着陸がほぼ同じ頃で、それが過ぎたら今度は下る一方でしょう。未来学はバラ色から灰色に変わり、終末論だ、公害だ、石油ショックだ……よくまあSFが生き残ってきたと思うくらい（笑）。ぼくなんか、たまたまオカルト・ブームがあったので助かったんじゃないかな（笑）。

＊11　米国CBS製作のドラマ・シリーズ〈ミステリー・ゾーン〉（原題はThe Twilight Zone）は、日本では昭和三五年四月から四四年九月まで、五期に分けて放映された。番組のホスト役でもあるロッド・サーリングをはじめ、C・ボーモント、R・マシスンら怪奇作家がシナリオに腕をふるった同シリーズは〝史上最も優れたSFテレビシリーズ〟と呼ばれている。

そして日本のSFは……

――そういう事件からの具体的な影響は？

星　そう、強いてあげれば石油ショックのあおりでPR誌が激減したことでしょうか。PR誌と新聞の日曜版は、ショート・ショートのとてもよい発表舞台でしたから、それがかなり減ったので……だから一時期ショート・ショートはほとんど書かないで、短篇ばかりの時期がありましたね。

――それは評論家が指摘するような、いわゆる〝オチ〟ショート・ショートから不条理なストーリー展開の重視へという星さんの作風の変化とも関係があるのでしょうか？

星　あるかもしれません。短篇の場合、どうしてもストーリーが必要になりますから。ショート・ショートならアイディアだけでなんとかもっていけますが、短篇はそれだけでなくストーリーでも愉《たの》しませなくちゃいけない。それで短篇の注文しか来なかった時期には、メモにいろいろ思いついたことを書いておいた中からアイディアを選び出す過程で、無意識のうちに、短篇としてふくらますことができるようなテーマを選んでいた可能性はあるかもしれませんね、今思うと。それからオチのつけ方の変化ということで言うと、今でもつけようと思えば昔風のオチにすることもできるわけですが、それだと自分が飽きてくるんですよ（笑）。

――最後に現在の日本SF界について。

星　これは世界の中でも例外的に恵まれてるんじゃないですか。だいたいこれだけ短期間に、これだけの作家を送り出した分野というのは、他にないんじゃないでしょうか。それもぼくらの時代から夢枕獏《ゆめまくらばく》・新井素子に至るまで、世代的にも切れ目なくつながってるんですからね。アメリカも盛んだといわれますけど、第一線で活躍してる新人なんて数えるくらいしかいないでしょう。ラファティだってぼくより年上なんだから（笑）。その点日本がSFに関しては世界一になってきたんじゃないですかね。一億の人口があって、そのほとんどが字が読めて、テレビは全国ネット、新聞も全国紙がある。そういう共通の基盤があるから、SFもまだ書きやすいのかもしれない。それと社会が豊かになったために、若い人たちがいわゆる人生の苦労というものをあまり知らないで成長する。だから実体験で小説書こうとしても書くネタがなんにもない。そのかわり劇画でストーリーづくりのノウハウを覚えこんじゃってますから、長篇やシリーズものなんかいくらでも書けるんじゃないかな、これからの作家は。現にそういう傾向はすでにあるようだし（＊12）。実体験として火星に行ってないことにおいては、年寄も若者もないわけだから、SFこそ自由に腕をふるえる分野ということにこれからはますますなってくるんじゃないでしょうかね（笑）。

＊12　たとえば『世界のSF文学・総解説』（自由国民社）の「80年代のSF界」で伊藤典夫氏は、ここ数年間のSF界における顕著な動向として《シリーズものに独立した作品以上の魅力を見いだす読者》の急増を指摘し、《現在ではジュヴナイルも含めた国産SFのおよそ四割以上を、そういった連作が占める勢いだ》と述べている。

（S60・1・23於戸越、星新一氏宅）

（「幻想文学」第十一号より転載）

ごたごた気流《きりゅう》

星《ほし》 新一《しんいち》

昭和60年 9月25日　初版発行
平成19年 9月25日　改版初版発行
令和6年 10月30日　改版12版発行

発行者●山下直久

発行●株式会社KADOKAWA
〒102-8177　東京都千代田区富士見2-13-3
電話　0570-002-301（ナビダイヤル）

角川文庫 14842

印刷所●株式会社KADOKAWA
製本所●株式会社KADOKAWA

表紙画●和田三造

●お問い合わせ
https://www.kadokawa.co.jp/（「お問い合わせ」へお進みください）
※内容によっては、お答えできない場合があります。
※サポートは日本国内のみとさせていただきます。
※Japanese text only

ISBN978-4-04-130323-8　C0193

角川文庫発刊に際して

角川源義

第二次世界大戦の敗北は、軍事力の敗北であった以上に、私たちの若い文化力の敗退であった。私たちの文化が戦争に対して如何に無力であり、単なるあだ花に過ぎなかったかを、私たちは身を以て体験し痛感した。西洋近代文化の摂取にとって、明治以後八十年の歳月は決して短かすぎたとは言えない。にもかかわらず、近代文化の伝統を確立し、自由な批判と柔軟な良識に富む文化層として自らを形成することに私たちは失敗して来た。そしてこれは、各層への文化の普及滲透を任務とする出版人の責任でもあった。

一九四五年以来、私たちは再び振出しに戻り、第一歩から踏み出すことを余儀なくされた。これは大きな不幸ではあるが、反面、これまでの混沌・未熟・歪曲の中にあった我が国の文化に秩序と確たる基礎を齎らすためには絶好の機会でもある。角川書店は、このような祖国の文化的危機にあたり、微力をも顧みず再建の礎石たるべき抱負と決意とをもって出発したが、ここに創立以来の念願を果すべく角川文庫を発刊する。これまで刊行されたあらゆる全集叢書文庫類の長所と短所とを検討し、古今東西の不朽の典籍を、良心的編集のもとに、廉価に、そして書架にふさわしい美本として、多くのひとびとに提供しようとする。しかし私たちは徒らに百科全書的な知識のジレッタントを作ることを目的とせず、あくまで祖国の文化に秩序と再建への道を示し、この文庫を角川書店の栄ある事業として、今後永久に継続発展せしめ、学芸と教養との殿堂として大成せんことを期したい。多くの読書子の愛情ある忠言と支持とによって、この希望と抱負とを完遂せしめられんことを願う。

一九四九年五月三日

角川文庫ベストセラー

きまぐれ星のメモ　星　新一

日本にショート・ショートを定着させた星新一が、10年間に書き綴った100編余りのエッセイを収録。創作過程のこと、子供の頃の思い出——。簡潔な文章でひねりの効いた内容が語られる名エッセイ集。

きまぐれロボット　星　新一

お金持ちのエヌ氏は、博士が自慢するロボットを買い入れた。オールマイティだが、時々あばれたり逃げたりする。ひどいロボットを買わされたと怒ったエヌ氏は、博士に文句を言ったが……。

ちぐはぐな部品　星　新一

脳を残して全て人工の身体となったムント氏。ある日、外に出ると、そこは動くものが何ひとつない世界だった（「凍った時間」）。SFからミステリ、時代物まで、バラエティ豊かなショートショート集。

きまぐれ博物誌　星　新一

新鮮なアイディアを得るには？　プロットの技術を身に付けるコツとは——。「SFの短編の書き方」を始め、ショート・ショートの神様・星新一の発想法が垣間見える名エッセイ集が待望の復刊。

宇宙の声　星　新一

あこがれの宇宙基地に連れてこられたミノルとハルコ。〝電波幽霊〟の正体をつきとめるため、キダ隊員とロボットのプーボと訪れるのは不思議な惑星の数々。広い宇宙の大冒険。傑作SFジュブナイル作品！